서문문고
250

O. 헨리 단편집

O. 헨리 지음
홍 윤 기 옮김

차　례

해　설 …………………………………………………… 5

녹색의 문 ………………………………………………… 17

賢者의 선물 ……………………………………………… 33

붉은 추장의 몸값 ………………………………………… 45

시계추 …………………………………………………… 69

봄철 식단표 ……………………………………………… 79

나팔이 울리는 소리 ……………………………………… 93

마지막 잎새 ……………………………………………… 109

경찰관과 찬송가 ………………………………………… 123

분주한 중개인의 사랑 …………………………………… 137

20년 뒤의 약속 ………………………………………… 147

착한 마녀의 빵 ………………………………………… 155

물레방앗간 교회 ………………………………………… 163

황금의 신과 사랑의 신 ………………………………… 189

하그레이브스의 1인2역 ………………………………… 205

해 설

　세계적인 단편 작가로서 손꼽히는 O. 헨리는 그야말로 순수한 단편 작가이다. 그는 장편 소설을 한 번도 쓴 일이 없다. 그의 작품을 크게 나눈다면 미국 남부, 서부, 라틴아메리카, 그리고 뉴욕 시의 작품 등으로 대별할 수가 있다.

　남부의 작품 하면, 남북전쟁(1861~1865) 전후의 남부의 지방색, 또한 남부인의 기질을 유머러스한 터치로 묘사한 작품이 많이 있다. 그런 작품 계열에는 1830년부터 1860년경 사이의 남부 문학이 갖는 특징적인 익살과 의외성 따위를 다루면서 지방성을 사투리로써 매우 사실적으로 묘사하여 실감 나게 엮고 있다. 그리고 특징적으로는, 이른바 해피엔딩으로 결말을 맺고 있는데 이는 그 시대적인 요구에 작가가 응해 주었던 것으로 간주된다.

　대표적인 작품으로는 ≪붉은 추장의 몸값≫이다. 이 작품은 걸작으로 평가되는 것으로서 유괴범이 한 지독한 구두쇠에게 도리어 역으로 손해를 보게 된다는 과정이 재미있게 묘사되고 있다. 더구나 이 작품은 재치 있는 구성 속에서 최후까지 독자를 서스펜스로 이끄는 특징을 보여준다.

역시 남부를 배경으로 하는 걸작으로는 ≪하그레이브스의 1인2역≫을 들 수 있다. 지난날의 남부에서의 영광스러운 추억에 젖어서 과거 속에 사는 가난한 소령과 과년한 딸의 불우한 현실의 이야기이다. 그들 부녀가 경제적인 위기에 처했을 때 그 위기를 극적으로 극복시켜 구원의 손길을 펴는 배우 하그레이브스의 설정은 O. 헨리 소설 구성의 재질을 유감없이 발휘시키고 있다. 특히 흑인 노예의 연기는 가벼운 페이소스와 악의 없는 야유가 조화를 이루는 속에 훈훈한 인간미를 묘사해 준다.

O. 헨리의 작품은 수효로 따질 때 서부시대의 것이 가장 많다. 즉 그의 272편의 단편 중에서 1백 편 이상을 차지하고 있다. 그와 같은 것은 그가 1903년에 뉴욕 선데이 월드 지(紙)와 계약을 맺기 이전의 작품들이다.

그가 텍사스에서 지낸 14년간은 그의 인생에 있어서 인간 관찰의 절호의 기회였다. 그러나 그 당시의 작품들은 아직도 습작의 영역을 벗어나고 있지 않다. 그러나 개중에는 탐정적·추리적 흥미를 독자에게 불러 일으키는 가작들도 없지는 않다.

연대순으로 볼 때 서부의 작품 다음으로는 라틴아메리카의 작품들이 이어진다. 즉 그가 온두라스에 도피 생활을 하던 때 얻은 소재를 가지고 엮은 작품들이 그것이다. 그 작품들은 대부분이 현실도피의 로맨틱한 것으로 엮어지고 있다.

그러나 O. 헨리를 작가로서 든든한 지반 위에 구축시킨 것은 역시 그의 뉴욕 시대 작품들이다. 그러기에 걸작이나 명작을 가장 많이 담고 있는 것이 그의 뉴욕 시대의 일련의 작품들이다. 일일이 그의 작품들을 해석할 수는 없으나 그것을 개괄적으로 살펴보면 다음과 같다.

그의 뉴욕 시대 작품들은 가난한 소시민들의 불우한 이야기 소재로서 즐겨 다뤄지고 있다. 그는 작품 속에서 뉴욕 시민들을 가리켜, 뉴욕의 평범한 사람들은 어쩔 수 없는 대군(大軍)의 따분한 행진이라고 묘사하고 있듯이, 그야말로 따분한 사람들의 생활을 교묘하게 묘사하고 있는 것이다.

≪녹색의 문≫의 경우는 밤거리의 배회자, 즉 모험자가 일자리가 떨어져 굶어 죽기 이전의 비참한 실직 여성을 구출하는 따스한 이야기이다. 더구나 뉴욕이라는 거대한 도시 속에서 그 화려한 이면에는 비참한 사람들이 신음하고 있다는 사실을 파헤쳐서 대도시의 부조리를 고발하기도 한다. 과연 뉴욕 시민의 최대 공약수가

되는 희망이나 동경은 무엇인가 하는 것이 제시되는 것이다.

≪賢者의 선물≫이나 ≪봄철의 식단표≫ ≪마지막 잎새≫ ≪경찰관과 찬송가≫ ≪착한 마녀의 빵≫ 등등, 이 일련의 작품들은 O. 헨리의 대표적 작품들인 동시에 뉴욕이라는 대도시에서 숨쉬는 소시민들의 생애의 절규를 다루고 있는 걸작들이다.

유머, 위트, 페이소스라고 하는 세 가지 맛을 삼위일체로 하여 이따금 센티멘털리즘을 풍기며, 그의 전매특허라고 할까 트레이드 마크인 의외의 결과에 이르기까지 이야기를 지루하지 않게 아니 간결하게 전개시키는 그의 기교와 신선미는 다른 어떤 단편 작가에게서는 찾아볼 수 없다. 작중 인물의 심리적 묘사보다는 도리어 그는 외면적이고 행동적인 언어로써 작중 인물의 심리 작용을 독자들로 하여금 공감시키며, 가장 인간적인 내면을 추구하는 그의 역량은 다만 비범하다고밖에는 평할 수 없다.

더구나 그의 작품들을 대할 때 그 풍부한 용어와 유머러스한 구사는 다른 작가에게서는 찾아볼 수 없는 특색이라고 하겠다.

O. 헨리는 한 권의 시집을 제외하고는 13권의 단편집에 모두 272권의 단편이 담겨져 있다. 그 작품들이 미국의 더블디 출판사에서 전집으로 간행되어 있다. 그

런데 13권의 단편집 중에서 4권은 그의 사후(死後)에
출간되었다. 즉 다음에 제시하는 그의 전집에서 1910
년 이후의 단편집들이 그것이다.

⟨Cabbages and kings⟩(1904)
⟨The Four Million⟩(1907)
⟨Heart of the West⟩(1907)
⟨The Trimmed Lamp⟩(1907)
⟨The Voice of the City⟩(1908)
⟨The Gentle Grafter⟩(1908)
⟨Roads of Oestiny⟩(1909)
⟨Optious⟩(1909)
⟨Strictly Business⟩(1910)
⟨Whirligigs⟩(1910)
⟨Sixes and Sevens⟩(1911)
⟨Rolling Stones⟩(1912)
⟨Waifs and Strays⟩(1917)

O. 헨리의 생애

O. 헨리는 본명이 윌리엄 시드니 포터(William
Sydney Porter)이다. 그는 1862년 9월 11일에 노스
캐롤라이나 주의 그린즈보로 시 근교에서 태어났다. 그
의 부친 앨저넌 시드니 포터는 길드포드 군(郡)의 처명

한 내과 의사였으나, 남북전쟁 발발과 더불어 공무의
부담이 과중해져서 끝내 의사직을 버리고 혼자 살았다.
그러기에 O. 헨리의 어린 시절의 기억에는 이미 지능
작용이 어긋난 아버지밖에 없었다. 한편 그의 어머니
메리 제인 스웨임은 아버지가 신문사 주필을 하던 유복
한 가정에서 자라나 1850년에 그린즈보로 여자 전문학
교를 우등으로 졸업한 기지가 풍부한 여성이었다. 동시
에 예술적 소질을 타고난 여자이기도 했다.

O. 헨리의 몸에는 그런 모친의 피가 많이 흐르고 있
음에 틀림없다. 그러나 그의 어머니는 세번째 아이를
낳고는 6개월 만에 세상을 떠나게 되어 O. 헨리는 할
머니와 숙모의 손에서 자라게 되었다. 숙모는 독신자였
으며 소학교를 경영하고 있었다. 말하자면 숙모인 에브
리나에게서 O. 헨리는 작가의 길을 걷는 유력한 외적
추진력이 되는 교육을 받았다.

O. 헨리는 17년 동안 그녀의 훈도를 받으면서 성장
했던 것이다. 그는 17세 때 숙부의 약국에서 일하게 되
었다. 그는 이 무렵에 약에 대한 지식을 꾀했을 뿐 아
니라 3년간을 근무하면서 권총 사격법을 비롯해서 체스
(서양 장기)와 바이올린 따위도 배웠으며, 만화 그리기
에도 뛰어난 솜씨를 발휘했다.

더구나 그는 약방에 출입하는 수많은 사람들을 접촉
하면서 각자의 특이한 성격이나 행동 등 인간의 모습을

생생하게 대하는 가운데 장차 작가로서의 많은 소재를
밑받침하게 되었던 것이다.

　약국 생활을 그만둔 그는 자리를 옮겨 텍사스로 갔
다. 그는 큰 목장 주인집에 머물면서 목장 일은 안하고
책을 읽거나 글을 쓰는 데에 열중했다. 그는 시나 소설
뿐 아니라 역사도 좋아했다. 더구나 그는 항상 ≪웹스
터 사전≫을 팔에 끼고 다닐 정도였다. 그러기에 그는
용어에 있어서 매우 풍부했고 그 용법이 정확했던 것이
다.

　그는 타고난 과묵한 청년이었으나 한번 입을 열면 격
언식의 예리한 글귀가 그의 입에서 거침없이 흘러나왔
다고 한다. 역시 그는 범상하지 않은 관찰력의 주인공
이기도 했다.

　그는 1884년에 오스틴 시(市)로 자리를 옮겼다. 그
는 그곳에 가서 1년간은 약제사로서 지방 약국에 근무
했다. 그 후에 그는 토지관리국의 제도사(製圖士) 노릇
을 하며 월급 1백 달러라는 많은 수입을 올리게 되었
다.

　그는 25세 때 이제 19세의 여고생 애톨 에스테스라
고 하는 테네시 주(州) 출신의 어여쁜 아가씨와 결혼했
다. 나이는 어린 여자였으나 그녀는 매우 기지에 넘쳤
고, 남편을 격려해서 그가 작가의 길에 오르도록 내조
했다.

그녀는 이따금 남편이 단편 소설을 써서 원고료 수입이 생기면 매우 기뻐해 주었다. 그러나 그녀는 결핵에 걸린 채 첫 아이를 낳았으나 아이는 몇 시간 뒤에 죽었으며, 두번째 아이 마가렛을 낳고는 7년 만인 1889년에 세상을 떠났다.

여하간 그가 토지관리국에 근무했던 4년간은 그의 생애 중에서 가장 안정되고 행복한 시기였다. 그는 앤더슨이라고 하는 후원자 때문에 토지관리국에 근무했으며 결혼도 하게 되었다. 그의 은인인 앤더슨 씨는 수호신처럼 그를 도와주어서, 선거운동에 참여했다가 실직한 그를 다시 제일 국립은행의 출납계에 취직시켜 주었다. 그러나 그는 이곳에서 공금 횡령으로 고소당했다.

즉 그는 1894년에 악명 높았던 〈아이코노크라스트〉 (우상 파괴) 신문을 매입해서 자기가 꿈꾸어 왔던 유머러스한 신문을 발행하려고 시도했던 것이 잘못이었다. 그는 그 신문을 〈롤링 스톤〉(뒹구는 돌)이라고 개칭하고 월간에서 주간지로 바꾸었다. 그리고는 8면짜리 이 주간지를 모두 인물이나 토지 사건에 관한 유머러스한 기사나 자신이 쓴 창작 소설로 메우면서 자기 자신의 재질을 마음껏 발휘하기를 꿈꾸었다.

그러나 모든 것은 뜻대로 되지 않았으니, 재질을 발휘하며 안정된 생활 기반을 닦으려던 그는 끝내 여러 곳에서 빚에 몰리게 되어 1년간의 경영 끝에 어쩔 수 없이 은행 돈에 손을 대었던 것으로 보인다. 그는 이 사건으로 재판을 받게 되었다. 1898년 2월의 재판 결과 유죄 판결로 5년 언도를 받고 오하이오 교도소에서 복역하게 되었다. 그곳에서 그는 창작에 의해서 과거를 씻으려 애썼다.

그는 같은 동료 죄수들의 이야기며 자기의 생활과 심정을 비유적으로 창작하는 가운데 옥중 생활에서의 도피를 꾀했다. 그는 옥중 생활 중 모범수로 5년형에서 3년형으로 감형되어 1901년에 출옥했다. 그때는 이미 O. 헨리로서의 작가적인 기틀이 완전히 이루어졌다.

출옥한 뒤에 그는 12살 된 딸 마가렛과 함께 피츠버그에 살면서 신문에다 글을 썼으나 수입에 비해 사치스런 생활로 크게 어려움을 겪었다. 그러기에 그는 뒷날, 피츠버그의 생활을 가리켜 '가장 최저의 악한 곳'이라 했다. 그래서 그는 하루바삐 피츠버그에서 벗어나 자신의 재질에 적합한 대우를 받을 수 있는 뉴욕으로 가려고 했다. 그 당시 4백만의 인구를 헤아리는 세계 최대의 도시에서 과거를 잊고 새롭고 보람있는 생활을 하고 싶었다.

끝내 그는 그리던 뉴욕으로 진출했다. 그는 길먼 홀이라는 기자의 조력을 받았으며 그와 친구가 되었던 것이다. 그는 뉴욕의 거리거리를 누비며 다니는 가운데 무수한 작품의 소재를 얻을 수 있었다.

흡사 그는 물을 얻은 고기처럼 마음껏 헤엄칠 수 있었으니 십여 개의 잡지에다 그의 단편을 싣게 된 것이었다. 1904년부터 1907년까지의 3년간, O. 헨리로서는 뉴욕 시기에 있어서 절정기였다. 그는 마음껏 이 시기에 글을 쓰기 시작했으며 이 시기에 그의 대표적인 작품들이 쏟아져 나왔던 것이다. 그러기에 그의 수많은 단편들 중에서 뉴욕을 소재로 쓴 작품은 압도적으로 많다.

종횡무진으로 활약하던 작가 O. 헨리는 1907년의 마지막 무렵에 이르러 자기 심신의 한계에 다다르게 되었다. 작품 집필도 현격하게 줄어들었다. 더구나 그는 설상가상으로 두번째의 결혼으로 의해 몸이 쇠약했졌다.

즉 어린 시절부터의 여자 친구였던 바람둥이 여성인 린제이 콜먼의 편지를 받은 것이 계기가 되어 그녀와 사랑을 나누게 되었다. 그래서 1907년 11월에는 39세의 이 여자와 두번째의 결혼 생활에 들어가, 쇠약할 대로 쇠약해 진 몸으로 무리하게 글을 써야만 했다. 그러나 두 사람은 뜻이 맞지 않아 1909년부터 별거에 들어가고 그는 다시 독신 생활을 하게 되었다. 그는 쇠약해 진 몸에다 무절제하게 술을 마신 결과 간의 질환과 당뇨병으로 병원에서 치료받은 지 3일째 되던 1910년 6월 5일에 47세를 일기로 세상을 떠나고 말았다.

O. 헨리 단편집

녹색의 문

　가령 자네는 저녁 식사 후, 여송연 한 대를 피우는데 10분간을 할당하고, 그 동안에 기분 전환이 될 만한 비극이나 아니면 희가극 스타일의 진지한 것을 구경할까 망설이면서 브로드웨이(미국 뉴욕 시에 있는 극장 거리)를 걷는다고 가정하자. 갑자기 당신의 팔을 잡는 사람이 있다. 돌아다보면 다이아몬드를 번뜩이며 러시아제의 검은 담비 모피 옷을 걸친 어여쁜 여인의 황홀한 눈동자를 마주보게 된다. 그녀는 손을 델 만큼 뜨거운 버터를 바른 롤빵을 재빨리 자네 손에 쥐어 주고는 자그마한 가위를 끄집어내어 당신 외투의 두번째 단추를 뗀다. 그리고는 의미심장하게 한 마디로 '평행사변형!' 하고 외치고는 불안스럽게 어깨 너머로 훑어 보며 골목길을 날아가듯 사라진다.

　그것이야말로 바로 어김없는 모험이라고 하리라. 당신은 그런 일에 응할 것인가. 아니, 응하지 않을 것이다. 당신은 당황한 나머지 낯을 붉히며 기분 상했다는 듯이 롤빵을 팽개치고는 잃어버린 단추가 달렸던 자리를 맥빠진 듯 매만지며, 그냥 그대로 브로드웨이를 계속 걸어갈 것이다. 모름지기 당신은 그럴 것이 틀림없다.

그러나 당신이 만일 순수한 모험심을 아직 잃고 있지 않은 그런 소수의 행복한 사람들 중의 한 사람이라면 얘기는 또 틀릴 것이다.

참다운 모험가는 지금껏 그다지 많지는 않았다. 참다운 모험가로서 책자에 그 이름을 남기고 있는 사람들은 대체로 새로운 방법을 개발시킨 행동파이다. 그들은 스스로가 찾는 것―노란색 양털이든지 또는 성배(聖杯)나 귀부인과의 사랑, 보물, 왕관, 명성― 등을 입수하려고 나간 것이다.

참다운 모험가라고 하는 것은 계산과 타산도 없이 미지의 운명을 만나 그것을 기꺼이 받아들이기 위해 나가는 것이다. 그 좋은 본보기로는 성경에 나와 있는 어떤 방탕한 자식―내 집을 향해 출발했을 때의―인 것이다.

모험가에 준하는 것―용기 있는 훌륭한 사람들은 지금껏 많았다 십자군으로부터 파리세에즈(뉴욕 주 남동부와 뉴저지 주 북동부 허드슨 강 서안에 연한 64킬로미터에 이르는 암벽)에 이르기까지 그들에 의해서 역사나 소설 기술(記述)은 풍요해졌으며 그 덕분에 역사 이야기라는 상업이 번창해진 것이다. 그러나 그들은 어차피 획득하지 않으면 안 될 상품이 있으며, 도달해야 할 목표가 있고 가슴에 품어야 할 기도(企圖)가 있으며, 달려야만 할 경주도 있고 새로이 한 번 달려들어야 할 제12의 표적이 있으며, 새겨야 할 이름이 있고 해결해야만 할 문제가 있었다—즉 그들은 참다운 모험을 추구하는 자들이 아니었다.

이 대도회에는 로맨스와 모험이라고 하는 쌍둥이 요정이 그들에게 어울리는 구애자를 찾아서 항상 밖을 쏘다니고 있다. 누가 거리를 걷고 있노라면 쌍둥이 요정들은 여러 가지 다른 모습으로 몸을 바꾸고 살며시 우리의 모습을 살피며 도전해 온다. 이유를 따질 것도 없이 문득 얼굴을 쳐들면 그곳 진열장 속에는 마음 깊이 간직한 초상화를 진열한 화랑에 속하는 사람의 얼굴을 보게 되는 수가 있다.

조용히 잠든 거리에서, 덧문을 내린 인기척 없는 집에서 고민과 공포의 외침이 들려오는 수도 있다. 택시 운전사가 우리를 보통 때와 다름없는 길가가 아니고 알지 못하는 집 현관 앞에 내려놓으면, 미소를 머금은 사람이 현관문을 열고 '어서 들어오세요.' 하고 말을 걸어주는 수도 있다. 글씨가 씌어진 종이 한 장이 운명이라는 드높은 창으로부터 너울너울 발밑으로 떨어져 내리는 수도 있다. 서둘러 걸어가는 군중 속의 모르는 사람과 한순간에 증오와 애정과 불안 따위를 살펴볼 수도 있는 것이다.

느닷없이 내리퍼붓는 폭우—그러면 손에 쥔 우산이 보름달 같은 환한 아가씨나 별님의 사촌 같은 어여쁜 아가씨를 처마 밑에서 비를 그치게 해줄지도 모른다. 이르는 곳마다 거리 모퉁이에 손수건이 떨어지고, 손가락질하는 손이 있고, 눈초리가 쏠려 오며, 잃어버린 고독하고 멍청한, 신비스럽고 위험한, 그리고 변화무쌍한 모험의 손길이 우리들에게 살며시 뻗쳐 오는 것이다.

루돌프 시타이너는 참다운 모험가였다. 그가 생각지도 못한 것이거나 터무니없는 일을 찾아서 홀의 끝 쪽 침실에서 밖으로 나가지 않는 밤이란 거의 없었다. 인생에 있어서 가장 흥미로운 사건이 바로 그 길 모퉁이를 돌아선 곳에 뒹굴고 있는 것처럼 생각한 것이다. 때로는 스스로의 운명을 시험해 보기 위한 기분에 쫓겨서 터무니없는 엉뚱한 골목길을 헤매는 수도 있었다. 경찰에서 두 번 밤을 지낸 때도 있다. 욕심 많고 교묘한 사기꾼에게 걸린 적도 몇 번인가 있었다. 달콤한 말에 속아서 시계와 돈을 날린 적도 있다. 그러나 그는 밀어닥치는 온갖 도전에 응했으며 목록에다 그런 사실을 기록해 나갔다.

어느 날 밤이었다. 루돌프는 지난날에 이 도시의 중심부를 남북으로 뻗은 가로를 어슬렁어슬렁 걸어가고 있었다. 인간들의 물결이 두 개의 보도를 메우고 있었다. 집을 향해 서둘러 가는 사람들과 또 한쪽은 몇천

촉광의 조명을 받으며 번뜩이는 레스토랑의 들뜬 환영을 받기 위해 가정으로 돌아가지 않으려는 마음이 안정되지 못한 일군(一群)이다.

이 젊은 모험가는 보기 좋은 모습에다 동작도 차분하고 조심스러웠다. 그는 낮에는 피아노 상회의 외무사원 노릇을 하고 있었다. 넥타이를 핀으로 잡아두지 않고 토퍼즈의 링을 통해서 늘어뜨리고 있다. 언젠가는 모 잡지의 편집자에게 미스 리비(Miss Libbey)가 쓴 ≪주니의 사랑 시험(Junie′s Love Test)≫만큼 자신의 인생에 큰 영향을 끼친 책은 없다고 써 보낸 일이 있었다.

걷고 있는 동안에 길가에 있는 유리 진열장 속에서 이빨이 탁, 탁, 하고 크게 울리고—가벼운 현기증과 더불어—그의 신경을 우선 진열장 뒤에 있는 레스토랑으로 쏠리게 했다고 그는 생각했다. 그러나 다시 한 번 고쳐 보니 옆집 출입구의 훨씬 높은 곳에 치과 의원의 간판인 전광 글씨가 보였다. 붉은 수를 놓은 윗도리와 노란색 바지를 입고 군모를 쓴 기묘한 몰골의 커다란 흑인 남자가 통행인들 속에서 전광 글씨를 바라다보는 사람에게만 조심스럽게 전단을 나눠주고 있었다.

치과 의사의 이런 광고 방법이 루돌프에게 있어서는 새삼스럽게 눈에 띄는 광경은 아니었다. 여느때 같으면 전단을 뿌리는 사람 곁으로 바짝 다가가서 전단을 받지 않았겠지만, 오늘 밤에는 이 아프리카인이 재치 있게 한 장을 그의 손에다 휙 쥐어 주었기 때문에 그도 재빠른 솜씨로 쓴웃음을 지으며 그대로 손에 쥐고 있었던 것이었다.

몇 야드 앞쪽으로 갔을 때 그는 대수롭지 않게 그 카드를 살펴보았다. 그는 깜짝 놀라서 그 카드를 뒤집고는 흥미에 넘쳐 다시 한 번 살펴보았다. 카드 한 쪽은 백지였으나 다른 쪽은 잉크로 '녹색의 문'이라고 글씨가 씌어 있었다. 그때 루돌프는 세 발자국쯤 앞에서 한 남자가 흑인에게서 받은 카드를 걸어가며 내던지는 것을 목격했다. 그것을 주워 보니 치과 의사의 이름과 주소가 있었고 '의치가상(義齒假床)', '브릿지 기공(技工)', '치관(齒冠)', '무통 치료' 등 틀에 박힌 선전 글귀가 인쇄되었다.

모험을 즐기는 피아노 외무사원은 길 모퉁이에 우뚝 선 채 생각에 잠겼다. 잠시 후에 그는 거리를 가로질러서 한 블록쯤 남쪽으로 되돌아가 다시 한 번 길을 가로질러 건너서 북쪽으로 걸어가는 사람들의 물결 속에 휩쓸려 들었다. 두번째로 흑인의 곁을 지나칠 때는 일부러 아무것도 알아차리지 못한 시늉을 하며 건네준 카드를 모르는 체하고 받아들었다. 그리고는 열 발자국쯤 걸어간 다음에 그 카드를 훑어 보았다. 처음 카드와 마찬가지 필적으로 이 카드에도 '녹색의 문'이라고 씌어 있었다. 그의 앞뒤쪽에서 걷고 있는 사람들이 서너 장의 카드를 길바닥에 던져 버리고 갔다. 그 카드들은 아무것도 씌어 있지 않은 면이 위쪽으로 떨어져 있었다. 루돌프는 그것을 뒤집어보았다. 어떤 카드에도 치과 진료소의 뻔한 글귀가 인쇄되었다.

모험이라고 하는 큰 요정의 그 참다운 추구자인 루돌프 시타이너를 두 번씩이나 부를 필요는 없었다. 그러나 지금은 그것이 두 번 행해졌다. 그리하여 탐구가 시작된 것이다.

루돌프는 그 흑인 사나이가 탁, 탁, 하고 울리는 이빨의 진열장 곁에 서 있는 곳까지 서서히 되돌아갔다. 이번에는 그의 곁을 지날 때 카드는 받지 않았다. 멋지고도 우스꽝스런 의복을 입고 있는데도 불구하고 이 이디오피아인은 어떤 사람에게는 은근히 카드를 내밀어주고, 또 어떤 사람에게는 그냥 건드리지 않고 통과하게 내버려둔 채 야만인 고유의 위엄을 떨치며 우뚝 서 있었다. 그는 30초 간격으로 전차 차장이 그랜드 오페라의 위치를 제대로 알아들을 수 없게 지껄이는 것과 마찬가지로 뜻 모를 말로 떠들어대며 서 있었다. 그리고 이번에는 흑인이 카드를 건네주지 않았을 뿐 아니라 루돌프는 그 번뜩번뜩하고 빛나는 흑인의 얼굴에서 냉담하고 거의 경멸적인 시선을 받는 듯한 그런 느낌이 들었다.

이 시선이 모험가를 크게 자극시켰다. 그는 그 시선을 통해서 너 따위는 필요가 없다고 하는 무언의 비난을 읽을 수 있었다. 카드에 씌어진 풀 수 없는 말이 무엇을 뜻하건 간에 여하튼 흑인은 수많은 군중 속에서 두 번씩이나 그의 카드 수취인으로서 그를 뽑았던 것이다. 그러나 이제는 너 따위는 수수께끼를 풀 수 있는 지혜와 열의도 결핍되어 있다고 단정하고 있는 것처럼 여겼다.

인파 속에서 벗어난 청년은 모험이 숨겨져 있는 게 틀림없으리라고 가늠해 낸 건물을 재빨리 관찰해 보았다. 그것은 5층 건물이었다. 작은 레스토랑이 지하층을 차지하고 있다. 1층은 이미 가게를 닫았으나 부인용 장신구점이거나 모피점 같았다. 2층은 명멸하는 전광 문자에 의해 치과 의원이라는 것을 알았다. 또한 그 위에는 각국어로 너저분하게 씌어진 간판으로 보아서 관상, 양장점, 음악가, 의사들이 있다는 것을 알 수 있었다. 다시 그 위층은 하늘하늘 늘어진 커튼이며 창틀에 놓인 우유병 등으로 보아 가정 생활을 하는 영역이라는 것을 알 수 있었다.

루돌프는 관찰을 끝내고 높은 돌계단을 단숨에 뛰어 올라가서 건물 안으로 들어갔다.

카핏을 깐 계단 두 곳을 올라간 다음에 그 꼭대기에서 발을 멈추었다. 그곳 복도에는 두 개의 청백색 가스

등(燈)—하나는 사뭇 오른쪽에 멀리 있고, 또 하나는 약간 왼쪽에 있었다—불빛이 희미하게 비치고 있었다. 가까운 쪽에 있는 가스등 언저리로 눈을 던지니 그 청백색 불빛 테두리 속으로는 녹색의 문이 보였다. 그 순간 그는 망설였다. 그러나 그때 카드를 나누어 주던 그 아프리카인의 거만한 냉소가 눈에 보이는 것 같은 느낌이 들었다. 거기서 그는 곧장 녹색의 문으로 다가서서 위세 있게 노크를 시도했다.

그의 노크에 응답이 있기까지 경과된 순간은 참다운 모험이 절박했다는 것을 시험삼아 보는 척도가 된 것이다. 그 녹색의 널빤지 저쪽에는 과연 무엇이 숨어 있는지 알 수 없었다. 도박사가 승부를 걸고 있는지도 모른다. 아니면 악당들이 기묘한 계략을 짜고 올가미에다 미끼를 달고 있는지 모른다. 용자(勇者)를 그리워하며 그에게 구원받기를 기다리고 뭔가 획책하고 있는 미인이 있을지도 모를 일이다. 위험이냐 죽음이냐, 사랑이냐 실망이냐 중에서 그 어느 것인가가 저쪽에서 노크에 응해 올지 모를 일이다.

문 안쪽에서 옷을 끄는 소리가 나지막하게 들리면서 조용히 문이 열렸다. 아직 갓 스물 안팎인 아가씨가 창백한 얼굴로 비틀거리듯 나타났다. 아가씨는 문고리를 놓자마자 장난을 치듯이 한 손을 뻗치면서 비실비실 맥없이 쓰러지려고 했다. 루돌프는 아가씨를 끌어안으면서 벽 가에 있는 퇴색한 긴 의자에다 누였다. 문을 닫자 그는 깜박이는 가스등 불빛 속에서 재빠르게 방안을 둘러보았다. 정돈이 되어 있기는 했지만 극도로 빈곤한 생활임을 알아볼 수 있었다.

아가씨는 기절한 듯이 누워 있었다. 루돌프는 완전히 제 정신을 차리지 못한 채 큰 통이 없나 하고 방안을 두리번거렸다. 기절한 사람을 통에다 태우고 빙빙 돌리지 않으면 안 된다—아니 그렇지 않다. 그것은 물에 빠진 사람을 구출하는 경우이다. 그는 자기 모자로 아가씨에게 부채질해 주기 시작했다. 그것이 주효였다. 왜 그러냐 하면 산고모(山高帽)의 끝이 코에 부딪히자 아가씨가 눈을 떴기 때문이다. 그때 청년은 이 얼굴이야말로 내 마음속 깊이 간직한 초상화의 화랑에서 잃어버린 단 하나만의 얼굴이라는 것을 알게 되었다. 동그란 회색의 눈, 위로 반듯하게 치솟은 작은 코, 콩나무 덩굴이 꼬여 올라간 것처럼 곱슬한 밤색 머리카락, 바로 이것이야말로 온갖 눈부신 모험의 참다운 결말인 동시에 보수인 듯 여겨졌다. 그러나 그 얼굴은 몹시 여위고도 창백했다.

아가씨는 조용히 그를 보고는 곧 생긋 웃었다.

"제가 기절했었나요?"

라고 그녀는 가냘프게 물었다.

"그렇지만 누구건 기절하지 않을 수는 없어요. 사흘

동안 아무것도 먹지 않고 지내면 알 수 있으니까요."
　"이거 놀랍군."
하고 루돌프는 펄쩍 뛰듯 놀라며 소리쳤다.
　"곧 돌아오겠으니 기다리고 있도록 해요."
　그는 녹색의 문을 뛰어나가서 계단을 뛰어 내려갔다.
20분 후 돌아오자 손가락으로 노크해서 문을 열게 했
다. 식료품 가게와 레스토랑에서 사 온 물건들을 두 팔
에 잔뜩 안고 있었다. 그는 그것을 식탁 위에 나란히
놓았다―버터를 바른 빵, 냉동한 고기, 과자, 파이, 피
클, 굴요리, 닭구이, 우유 한 병, 그리고 혀가 델 정도
로 뜨거운 홍차 한 병이었다.
　"이런 짓은 어리석다구."
하고 그는 꾸짖듯이 말했다.
　"아무것도 먹지 않고 지내다니……그런 부질없는 선
거 같은 도박은 중지하지 않으면 안 되오. 자 저녁 준
비가 되었소."
　그는 아가씨를 부축해서 식탁에 앉히자, 이렇게 물었
다.
　"찻잔은 어디 있어요?"
　"창가의 찬장 위에 있는데요."
하고 그녀는 대답했다.
　찻잔을 가지고 돌아오자 아가씨는 상기해서 눈을 번
쩍이며 여성 특유의 빈틈없는 본능을 발동해서 종이 봉

지 속을 뒤져 오이 피클을 꺼내 먹기 시작했다. 그는 웃으면서 그것을 빼앗고는 우유를 찻잔에다 가득히 부어 주었다.

"자, 이것부터 먼저 마셔요."

하고 그는 명령했다.

"그 다음에는 홍차를 좀 주지. 그리고 또 닭고기를 주겠소. 얌전하게 굴면 내일은 피클도 주겠고……그런데 나를 손님으로 생각해 준다면 저녁 식사를 같이 들겠어요."

그는 옆의 의자를 끌어 당겼다. 홍차를 마시자 아가씨는 밝은 표정이 되었고 혈색도 다소 되돌아왔다. 그녀는 굶주린 야수처럼 이른바 우아한 맹렬성을 가지고 먹기 시작했다. 청년이 거기 있다는 것도, 그 남자가 구원의 손길을 편 것도 마치 당연한 일처럼 여기는 듯 보였다. 그러한 것이 세상의 관습을 무시하고 있다는 것은 아니고 그녀는 너무도 찢어지게 가난하기 때문에 체면 따위는 모두 다 내팽개치고 살 수 있는 인간의 권리를 가졌다고 여겨도 무방할 그런 태도였다.

그러나 차츰 힘이 솟고 여유를 되찾게 되자, 몸에 밴 세상의 관습을 깨닫는 심정이 일기 시작하자 사소한 신변 이야기를 말하기 시작했다. 그것은 도시에 사는 사람이라면 늘 귀에 못이 박힐 만큼 듣고 있는 숱한 그런 이야기 중의 하나였다. 즉 본래 몇 푼 안 되는 월급을 받는 여점원이었으나 그나마 감봉까지 당하고 병까지 들었기 때문에 치료 수당조차 받지 못하다가 끝내 퇴직 당했으며, 그래서 희망마저 상실했는데 바로 그곳으로 이 모험가가 녹색의 문을 노크하게 되었다는 줄거리이다.

그러나 루돌프에게 있어서 이런 신변의 이야기는 ≪일리아드(Iliad)≫와 ≪주니의 사랑 시험≫만큼이나 위기일발의 장면과 마찬가지로 중대하다는 생각이 들었다.

"당신이 그런 고통을 겪었다니 그게 무슨 소리요?"
하고 그는 외쳤다.

"정말 너무나 고통이 컸어요."
하고 아가씨는 진지한 말투로 입을 열었다.

"그렇다면 이 거리에는 친척이나 친구는 하나도 없나요?"

"한 사람도 없어요."

"나도 천하에 유일한 존재지."
하고 루돌프는 약간 사이를 두고 말했다.

"그렇다면 반가워요."

아가씨는 주저없이 말했다. 의탁할 곳이 아무데도 없는 자신에게 아가씨가 호의를 베풀어 주는 데 대해 루돌프는 어쩐지 기뻤다.

갑자기 아가씨는 눈을 감더니 깊은 한숨을 내쉬었다.

"저, 아주 졸려요."
하고 그녀는 말했다.
"그렇지만 아주 기분 좋아요."
루돌프는 일어서서 모자를 집어 들었다.
"그럼 쉬어요. 하룻밤 푹 쉬면 몸에 좋을 거예요."
그가 손을 내밀자 그녀는 그의 손을 잡고 말했다.
"안녕."
그러나 그녀의 눈빛은 웅변적으로 솔직하게 묻고 있었기 때문에 그는 그것에 대해 대답해 주었다.
"아, 내일 말이군, 또 보러 오겠어요. 그렇게 호락호락 나를 내쫓아 버리지는 못하지."
그러고는 문께에 이르자, 아가씨는 그가 어떤 이유로 여기까지 찾아오게 되었는지 그가 왔다는 사실에 비하면 그까짓 것쯤은 아무래도 좋다는 그런 투로 물었다.
"어떻게 해서 제 방을 노크하게 되셨나요?"
그는 잠시 동안 그녀를 바라보았으나 그 카드에 관한 것을 생각해 내자 대뜸 질투의 감정을 느꼈다. 만약 그 카드가 자기에게 못지않은 모험을 즐기는 다른 남자의 손에 넘어갔더라면 어떻게 될 것인가? 사실에 대해서는 그녀에게 알려서는 안 된다고 그는 대뜸 결심했다. 터무니없는 일을 괴상한 방법으로 자신이 어쩔 수 없이 취해야 했던 것을 절대로 그녀에게 알려서는 안 된다고 생각했다.

"우리 가게의 피아노 조율사 한 사람이 이 건물에 살고 있어요."
하고 그는 말했다.
"잘못 알고 당신의 방을 노크한 거예요."
녹색의 문이 닫히기 전에 이 방에서 그가 마지막으로 목격한 것은 그녀의 미소였다.
그는 층계 위에 우뚝 선 채 이상하다는 듯이 주변을 살펴보았다. 그리고는 복도 저 끝쪽까지 걸어갔다가 다시 돌아오자 이번에는 위 층계로 올라가서 도무지 납득할 수 없는 조사를 시작했다. 이 건물 안에서 그가 본 문은 어느 것이나 녹색으로 칠해져 있었다.
그는 이상하다는 생각을 하며 층계를 걸어 내려갔다. 좀전의 기괴한 아프리카인은 아직도 그곳에 있었다. 루돌프는 두 장의 카드를 손에 쥔 채 그 아프리카인 앞에 다가섰다.
"자네는 어째서 이 카드를 나에게 주었지? 그리고 자네가 준 카드에 어떤 의미가 있는지 가르쳐 주지 않겠나?"
그자는 어리석은 웃음을 얼굴에 가득 띠고는 고용주의 뛰어난 광고법을 가르쳐 주었다.
"그것은 말씀이죠, 선생님."
하고 그는 길 건너편을 손가락질했다.
"하지만 말씀이죠, 제1막은 구경하실 수 없을지 모르

겠어요."

상대방이 손가락질하는 쪽을 바라다보니 극장 입구 위에 신작극(新作劇) 〈녹색의 문〉이라는 눈부실 정도의 전광 문자 간판이 눈에 들어오는 것이었다.

"아무튼 말씀이죠, 아주 훌륭한 연주라던데요."

하고 검둥이는 말했다.

"저것을 공연하는 흥행주가 치과 의사의 전단과 섞어서 좀 뿌려 달라고 했어요. 그러면 1달러 준다고 하더군요. 그럼 치과 의사의 전단도 한 장 드릴까요, 선생님?"

루돌프는 자기가 살고 있는 블록의 모퉁이에서 멈춰서자 맥주 한 잔을 마시고 여송연 한 대를 샀다.

그는 여송연에다 불을 당기고 나오자, 윗도리의 단추를 채우고 모자를 뒤쪽으로 벌렁 젖혀 쓴 다음에 길모퉁이의 가로등을 향해서 단호하게 말했다.

"그렇지만 역시 그 아가씨를 내가 발견할 수 있는 방법을 생각나게 해준 것은 아무래도 운명의 신의 손길이었어."

이러한 사정을 근거로 이러한 결론을 끄집어낸다는 것은 루돌프 시타이너를 로맨스와 모험의 참다운 추구자의 대열에 첨가시킬 만한 것이다.

—The Green Door

賢者의 선물

1달러 87센트, 그게 전부였다. 그것도 그 중 60센트는 1센트짜리 주화였다. 식료품 가게나 야채 가게 또는 푸줏간에서 값을 깎아 한 번에 한 닢이나 두 닢씩 저축한 것으로서, 그때마다 어떻게 그렇게 구두쇠 노릇을 하느냐고 상대방의 무언의 비난을 들으면서 뺨이 붉어지는 것을 느꼈던 것이다. 델러는 그것을 세 번이나 다시 세었다. 1달러 87센트. 이제 내일은 크리스마스인 것이다.

초라하고도 작은 침대에 몸을 던지고는 큰 소리로 울 수밖에는 도리가 없었다. 그래서 델러는 그렇게 했다. 그렇게 하는 동안에 인생은 '흐느낌'과 '훌쩍거림', '미소'로 이루어져 있으며 훌쩍거림이 가장 많다는 것을 깨닫게 되었다.

이 집의 주부가 흐느끼다가 훌쩍거리는 단계로 옮기는 동안, 우선 방안을 휙 훑어 봐주기 바란다. 1주일에 8달러를 내는 가구가 설치된 아파트이다. 말할 수 없을 정도로 초라한 상태는 아니지만 당장에라도 비렁뱅이를

소탕하는 경찰이 들이닥치지는 않을까 하고 경계할 정
도의 형편이다.

　아래층 현관 어귀에는 편지 따위는 투입된 일이 없을
성싶은 우편함과, 사람의 손으로는 눌러도 울릴 것 같
지 않은 초인종이 있었다. 그곳에는 또한 ‘제임즈 딜링
검 영’이라는 명함이 붙어 있었다.

　‘딜링검’이라는 글자는 그 이름의 주인공이 주급 30
달러였던, 옛날의 경기 좋던 시절에는 산들바람에도 애
무를 받는 처지였다. 그렇던 것이 이제는 수입이 주급
20달러로 줄어들자 ‘딜링검’이라는 이름의 글자 하나 하
나가 희미해지고, 마침 근엄하고도 겸손하게 머리 글자
인 ‘D’ 자 하나로 오무라져 버릴까 하고 생각하는 것만
같았다. 그러나 제임즈 딜링검 영씨가 집에 돌아와 이
층의 아파트에 당도하면, 으레 이름이 ‘짐’으로 불리고
이미 델러라는 이름으로 소개를 한 바 있는 제임즈 딜
링검 영 부인에게 포옹을 당하는 것이었다. 이것은 극
히 바람직한 일이었다.

　델러는 울음을 그치자 분첩으로 뺨을 토닥거렸다. 창
가에 서서 창밖을 내다보자 뒤뜰의 회색 담장으로 걸어
가는 잿빛 고양이를 울적하게 바라다보고 있었다. 내일
은 크리스마스인데 있는 돈은 고작 1달러 87센트…….
그것으로 짐에게 줄 선물을 사야만 한다. 몇 달 동안이
나 한 푼도 낭비하지 않고 모았는데도 이 모양이다.

주 20달러는 대수롭게 쓸 것도 없다. 지출이 예산을 상회했다. 언제나 그런 형편이었다. 짐에게 선물을 사 주려 해도 단지 1달러 87센트밖에 없다. 나의 짐에게 사주는데 말이다. 짐에게 무엇인가 멋들어진 것을 사줄 것을 계획하고 얼마나 많은 행복한 시간을 지내 왔단 말인가. 무엇인가 훌륭한, 흔치 않은 진짜를—얼마쯤은 짐의 소유물이라는, 명예에 어울리는 그런 무엇을 말이다.

방의 창과 창 사이에는 벽걸이 거울이 있었다. 주 8 달러짜리 아파트에서 어쩌면 독자들도 본 일이 있을 것이다. 아주 깡마르고 동작이 민첩한 사람이라면 거울에 비친 자기의 길쭉한 단편의 영상을 재빨리 파악하고 아주 정확한 자신의 모습을 납득할 수 있을 것이다. 델러는 홀쭉했기 때문에 그러한 재치를 몸에 익히고 있었다.

갑자기 그녀는 창에서 몸을 돌리자 거울 앞에 섰다. 눈은 번뜩번뜩 빛나고 있었으나 얼굴에서는 20초도 지나기 전에 혈색이 창백해져 갔다. 휙 머리채를 당겨 잔뜩 내려뜨려 보았다.

그런데 이 제임즈 딜링검 영 내외가 자랑삼는 것은 두 가지가 있었다. 하나는 아버지와 할아버지가 쓰던 짐의 금시계, 그리고 또 하나는 델러의 머리카락이었다. 시바의 여왕이 통기 구멍 건너 저쪽 방에 살고 있다면 델러는 여왕의 금은보화의 값을 떨어뜨리기 위해서, 어느 날 자기의 머리카락을 창밖에 내밀고는 그것을 말렸을 것이다. 솔로몬왕이 그 재보(財寶)의 전부를 지하실에다 싸놓고 관리인이 되었더라면 짐은 그의 곁을 지나갈 때마다 자기의 금시계를 꺼내 보였을 것이다. 그것도 왕이 부러워서 턱수염을 긁는 것을 보기 위해서이다.

그런데 지금 델러의 아름다운 머리카락은 갈색의 폭포수처럼 물결치며 그녀의 몸 언저리로 내려가 있었다. 머리는 무릎 아래까지 축 처져서 가운처럼 보였다.

그러고 나서는 다시금 머리를 신경질적으로 재빨리 고쳐 여몄다. 잠깐 동안 그녀는 주저하며 꼼짝 않고 서 있었으나 눈물이 한 방울 두 방울 닳아빠진 붉은 주단에 떨어졌다.

그녀는 누런 색의 낡아빠진 짧은 윗도리를 휙 걸치고는 다시 누런 색 모자를 쑥 눌러 썼다. 스커트 자락을 펄럭이며 눈에는 아직도 번뜩이는 눈물이 괸 채 문을 밀고 나가서 계단을 내려가 거리로 나섰다. 발을 멈추자 그곳에는 이런 간판 글씨가 보였다.

'마담 소프로니 가발류 완비'

그녀는 계단을 뛰어 올라가서 헉헉 숨을 몰아 쉬고는 정신을 가다듬었다. 몸집이 크고 허여멀쑥하며 차가운 인상이 드는 마담은 도무지 소프로니('총명'을 뜻하는 그리스어 어원의 여자 이름)의 모습은 아니었다.

"내 머리를 사겠어요?"

하고 델러는 말했다.

"사지요."

하고 마담은 말했다.

"모자를 벗고 좀 보여줘요."

갈색의 폭포수가 물결치며 떨어져 내렸다.

"20달러 드리죠."

하고 마담은 익숙한 솜씨로 머릿다발을 치켜들며 말했다.

"곧 돈을 주세요."

그로부터 두 시간은 장밋빛 날개를 타고 가벼이 날았다. 이 따위 낡은 투의 비유는 잊어 주기 바란다. 델러는 짐에게 줄 선물을 사기 위해서 이 가게 저 가게로 돌아다녔다.

이윽고 발견한 것은 어김없이 다른 누구를 위한 것이 아닌, 짐을 위해 만들어진 것이었다. 다른 어떤 가게에도 이것과 같은 것은 없었다. 가게라는 가게는 전부 뒤진 후였다. 그것은 멋지고 고상한 디자인의 플러티너 시계줄로서 장식은 요란스럽지 않고 내용은 참다운 가치를 정당히 평가받을 만한 것이었다. 온갖 좋은 물건은 다 그렇듯이 말이다. 그 시계에 달아도 손색없는 것이다. 눈에 떠었을 때 델러는 그것이 절대로 짐의 것이 아니면 안 된다는 것을 알았다. 그것은 짐에게 어울린다. 침착성과 값어치—이런 형용은 짐과 시계줄 양쪽에 꼭 들어맞았다. 시계줄 값을 21달러 치렀다.

델러는 그 87센트를 쥐고 집으로 서둘러 갔다. 그 시계에다 이 시계줄을 단다면 어떤 사람 앞에서도 짐이 의젓하게 시계를 볼 수 있을 것이다. 시계는 훌륭한 것이었으나 쇠줄 대신에 헌 가죽끈을 쓰고 있어서 짐은 시계를 볼 때마다 남몰래 보았다.

델러는 집에 당도하자 들떴던 기분이 다소 식으면서 이성을 되찾았다. 머리를 마는 고데기를 꺼내고는 가스를 켜고 애정과 기분 때문에 파손시킨 곳(머리)을 수리하는데 착수했다. 그러나 친애하는 독자들이여, 이런 일은 훌륭하고도 매우 어려운 일이다.

40분이 채 걸리지 않아서 그녀의 머리는 가지런히 예쁘게 말아졌지만, 그 때문에 그녀는 마치 꾀병으로 학교를 쉬는 학생의 모습처럼 보였다. 그녀는 거울에 비친 자기 모습을 오래도록 찬찬히 뜯어보았다.

델러는 생각했다.

(짐은 단번에 보자마자 나를 때려 죽이지는 않더라도 코니 아일랜드(뉴욕 남부 해안의 환락가)의 합창단 소녀 같다고 말할지 몰라. 그렇지만 방법이 있나? 1달러 87센트를 가지고 도대체 뭘 한다는 말이지?)

일곱시에는 커피 준비가 되고 프라이팬을 스토브 위

에 얹어서 춥스(뼈가 든 양고기나 돼지고기를 두껍게 썬 것) 요리를 만들 수 있게 뜨거워졌다.

짐은 여태껏 늦게 오는 일은 없었다. 델러는 시계줄을 반으로 접어서 손에 쥐고는 언제나 짐이 들어오는 문 가까이에 있는 테이블 끝 쪽에 걸터앉았다. 이윽고 아래층 계단의 첫 계단을 밟는 그의 발소리가 들렸다. 그러자 바로 그 순간 그녀의 얼굴에서는 핏기가 사라졌다. 그녀는 평소에 극히 아무 일도 아닌 것에도 입속으로 짤막하게 기도를 외우는 버릇이 있었다. 지금도 이렇게 중얼거렸다.

(하나님, 제가 지금도 예쁘다고 그이가 느끼게 해주소서…….)

문이 열리고 짐이 들어서자 다시 문이 닫혔다. 여위고 매우 진지한 표정이었다. 불쌍하게도 말이다. 아직 겨우 22살인데도—이미 가정이라는 짐을 지고 있다니—새 외투도 있어야 했고 장갑도 있어야 했다.

짐은 방에 들어왔으나 메추라기의 냄새를 맡은 세터(setter : 개의 종류)처럼 우뚝 멈춰 서 있었다. 눈은 델러를 주시했지만 델러는 그 눈을 읽을 수 없는 표정을 짓고 있었다. 델러는 겁나지 않았다. 그것은 노여움도 놀라움도, 비난이나 공포도, 또한 델러가 거듭해서 각오했던 어떤 감정도 아니었다. 그는 그런 기묘한 표정을 얼굴에 띠고는 곧장 그녀를 주시했다.

델러는 휘청거리듯 테이블에서 떨어져서 짐에게 다가 섰다.

"짐,"

하고 그녀는 말했다.

"그런 식으로 저를 보지 마세요. 머리카락을 잘라서 돈으로 바꿨어요. 그렇지만 당신한테 크리스마스 선물도 하지 않고 보낼 수는 없었으니까요. 또 자랄 거예요—여보, 괜찮지요! 그렇게 할 수밖에 없었어요. 제 머리는 아주 빨리 자라요. '메리 크리스마스!' 하고 말해 줘요, 짐. 그리고 즐겁게 지내요. 제가 당신한테 얼마나 멋진 아름다운 선물을 사왔는지 모를 테죠."

"머리를 잘랐군."

짐은 겨우 말했다. 아무리 머리를 짜내도 눈앞에 벌어져 있는 엄연한 사실을 파악할 수 없다는 그런 태도였다.

"잘라서 팔았어요."

하고 델러는 말했다.

"그렇지만 지금까지와 다름없이 사랑해 주실 테죠. 머리가 없더라도 나에게는 변함이 없겠죠?"

짐은 이상하다는 듯이 방안을 둘러보았다.

"머리카락이 없어졌군?"

멍청이 같은 투로 짐이 말했다.

"찾아볼 게 없어요."

하고 델러는 말했다.

"판결요 뭐, 팔아서 이미 없어졌어요. 여보, 오늘 저녁은 크리스마스 이브예요. 다정하게 해줘요. 당신을 위해서 판 거예요. 어김없이 제 머리는 하나님이 주신 거예요."

델러는 갑자기 진지하고 달콤한 목소리로 말했다.

"그렇지만 당신에 대한 저의 애정은 아무에게도 줄 수 없어요. 춉스를 불에 얹을까요, 짐?"

짐은 당장 환몽(幻夢)에서 깨어난 것 같았다. 그는 델러를 껴안았다. 이제 여기서 우리는 방향을 바꾸어서 하나의 중요한 일을 신중하고 자세히 살펴보기로 하자. 주 8달러와 연(年) 백만 달러와의 차이는 어떠한가? 수학자나 현자(賢者)는 틀린 답을 내놓을 것이다. 동방의 현자들(그리스도의 탄생을 축하하기 위해 선물을 가지고 온 동방의 세 사람 〈마태복음〉 제2장에 나온다)은 값어치있는 선물을 가지고 왔으나, 해답은 그 선물 속에는 없었다. 이렇게 불가해한 것을 말했지만, 그 의미는 나중에 명백해진다.

짐은 외투 주머니에서 포장된 것을 끄집어내어 그것을 테이블 위에다 놓았다.

"이봐요, 델러, 날 오해하지 말아요."
하고 짐은 말했다.

"머리를 자른다, 깎는다, 씻는다 해서 그런 일로 내가 아내를 사랑하지 않게 될 이유는 전혀 없소. 그렇지만 그 포장을 풀어 봐요. 그러면 처음에 내가 잠시 동안 망설인 이유를 알게 될 거요."

하얀 손가락이 재빠르게 끈을 풀고 종이를 펼쳤다. 그러자 요란한 환성이 올랐다. 그러나 그 다음 순간 여성 특유의 신경질적인 눈물과 울음으로 바뀌어 방 주인은 당장에 일체의 위무(慰撫) 능력을 발휘할 필요성에 부닥쳤다.

그것은 한 벌의 빗이었다. 델러가 오래 전부터 브로드웨이의 진열장에서 탐내던 옆빗과 뒷빗 한 벌이었다. 가장자리에는 보석을 박은 아름다운 진짜 자라 껍질로 만든 빗—지금은 없어진 그 아름다운 머리에 썩 어울리는 모양의 것이었다. 값비싼 빗이라는 것을 델러는 알고 있었다. 그녀는 이런 빗을 자기가 갖게 되리라고는 엄두도 내지 못한 탐나는 물건이었다. 그것이 이제는 내것이 되었다. 그렇지만 그런 부럽던 장식품을 장식해야 할 풍성한 머리가 이제는 없다. 그러나 그녀는 잠시 빗을 가슴에 품었다. 겨우 눈물이 괸 눈으로 미소하면서 바라다보더니 델러는 이렇게 말할 수 있었다.

"제 머리는 아주 빨라 자라요, 짐."

그로부터 델러는 털을 곧추세운 새끼 고양이처럼 튀어오르며 외쳤다.

"아, 그랬군요!"

짐은 그에게 줄 아름다운 선물을 아직 보지 못했다. 델러는 그것을 손바닥에 얹어서 서둘러 그에게 내밀었다. 둔한 귀금속 빛이 델러의 번쩍이는 뜨거운 곳을 비춰서 반짝 불타는 것처럼 느껴졌다.

"어때요, 멋지지 않아요, 짐? 온 시가지를 찾아다니며 발견한 거예요. 이제부터는 하루에 백 번이라도 시계를 보지 않으면 안 돼요. 자 시계를 꺼내 주세요. 이걸 달면 어떻게 보일지 보고 싶네요."

그 말에 응하는 대신 짐은 휙 긴 의자에 벌렁 눕더니 두 손을 머리 뒤통수에 받치고는 미소지었다.

"델러!"

하고 그는 말했다.

"우리의 크리스마스 선물은 잠시 넣어 두기로 하지. 나는 시계를 팔아서 당신의 빗을 살 돈을 마련했어. 자, 이제 춥스를 불에다 얹지 그래."

독자들은 잘 알 테지만 그 동방의 현자들은 현명한 사람들이었다—매우 현명한 사람들이었다—말구유 속의 영아(젖먹이 아기 예수를 가리킴)에게 줄 선물을 어김없이 가져온 사람들이었다. 이 사람들이 크리스마스 선물을 주는 방법을 고안해 낸 것이다. 현명한 사람들이므로 그 선물은 말할 나위 없이 좋은 것으로서, 모름지기 중복된 경우에는 바꿔친다는 이점이 있다는 특혜를 갖고 있었을 것이다.

그런데 이제 나는 집안에서 가장 귀중한 보물을 지극히도 어리석기 짝이 없는 방법으로 희생시킨, 아파트에 사는 어리석은 두 명의 신의 자식들의 아무런 값어치도 없는 이야기를 불충분하게 말했다. 그러나 마지막으로 한 마디, 현대의 현인들에게 일러두고 싶다. 선물을 하는 사람들 중에서 이 두 사람이야말로 가장 현명했다. 선물을 주고받는 사람들 중에서 그들과 같은 사람들이야말로 가장 현명하다. 두말할 나위도 없이 그들은 최고의 현자이다. 그들이야말로 동방의 현자인 것이다.

—The Gift of the Magi

붉은 추장의 몸값

멋진 이야기라고 생각했다. 자, 기다려요. 이제 이야기를 할 테니까. 이 유괴 사건을 생각해 낸 것은 우리들이—나와 빌 드리스콜—남부인 앨라배마에 갔을 때였지. 빌이 나중에야 말했던 것처럼 '끝내 마(魔)가 끼었다'는 일이었다. 그러나 그렇다는 것을 안 것은 나중의 축제 때였다.

그 앨라배마에 핫케이크 같은 펑퍼짐한 거리가 있었다. 더욱이 이름만은 서밋(정상)이라고 불리고 있었지만 말이다. 이곳 농부들로 말하자면 모두가 농부들이지만 오월 축제의 무도회에 모여들 정도로 매우 원만한 표정들을 가진 선량한 사람들뿐이었다.

빌과 나는 둘이 합해서 6백 달러밖에 안 되는 자본을 가지고 있었지만 서부 일리노이 일대에서 사기를 해서 토지 알선으로 한몫 잡으려면 최소한 그 밖에도 2천 달러 정도의 밑천이 필요했던 것이다.

여관집 현관 계단에 눌러 앉아서 우리는 의논을 했다. 이런 시골스러운 거리에서는 어린애를 사랑하는 마음이 특히 강하다고 이야기가 되어서—그 밖에도 여러 가지 이유가 있었지만—어린애를 유괴하는 것도 그럴 듯한 생각이 아니냐라고 생각하게 된 것이었다. 이 고장으로 말하면 기자를 파견시켜 사건의 소문을 퍼뜨릴 만큼 신문사의 영향이 미치지 못하는 고장이므로 어김없이 잘 될 게 틀림없었다. 서밋 거리로 말하자면 고작 경찰이나 얼빠진 경찰견으로 우리를 뒤쫓게 하거나 아니면 주간 농업 잡지에서 한 두 번 호된 비난을 퍼부을 정도라는 것을 우리는 알고 있었다. 그래서 그거야말로 참으로 멋진 이야기라고 여겼던 것이다.

우리는 거리의 유력자인 에브니저 드셋이라는 사람의 외아들을 목표로 삼았다. 그 아이의 아버지는 상당한 지위도 있는데다 구두쇠로서 고리대금업까지 하고 있었다. 그는 교회에 헌금 한 푼 내는 일도 없으며 저당한 것은 즉시로 처리해 버리고 마는 사나이였다.

아들은 열 살인데 얼굴에는 주근깨투성이이며, 머리카락은 차를 기다리는 매점에서 팔고 있는 잡지 표지를 그대로 닮은 빛깔이다. 그러기에 에브니저 정도라면 2천 달러의 몸값을 어김없이 내리라고 빌과 나는 생각했다.

하지만 이제 이야기를 들어주기 바란다.

서밋의 거리로부터 2마일쯤 떨어진 곳 일대에는 삼나무가 무성한 작은 산이 있었다. 이 산 뒤쪽의 약간 높은 언덕배기에는 동굴이 있었는데 그곳에다 우리는 식량을 준비했다.

어느 날 저녁에 해가 진 다음에 우리는 말 한 마리가 끄는 마차를 몰아서 드셋 영감의 집 앞을 지나갔다. 아들 녀석은 길가에 나와서 맞은편 담 위에 있는 새끼 고양이에게 돌을 던지고 있었다.

"애야!"
하고 빌이 말했다.

"과자를 사줄 테니 마차를 타지 않겠니?"
그 아이는 벽돌 조각을 던져 빌의 눈을 명중시켰다.

사내아이는 웰터급의 검은색 곰처럼 아우성을 쳤으나 우리는 마침내 그 녀석을 마차 바닥에다 밀어 넣은 다음에 마차를 몰아댔다. 그 녀석을 동굴까지 끌고 오자 우리는 삼나무 숲속에 말을 묶었다. 어두워진 다음에 우리는 빌려 왔던 마차를 3마일쯤 앞쪽의 마을에다 되돌려 주고는 걸어서 산으로 돌아왔다.

빌이 얼굴에 새로 생긴 할퀸 자국과 타박상 입은 곳에 반창고를 붙이고 있을 때였다. 동굴 입구의 커다란 바위 그늘에서 모닥불이 피어올랐고, 아이는 붉은 털의 머리에다 콘돌(매의 일종으로 남미 안데스 산맥 일대에 분포되어 있는 큰 새)의 꼬리털 두 개를 꽂고 부글부글 끓어오르는 커피 포트를 열심히 바라보고 있었다. 내가 다가서자 그 녀석은 나무 몽둥이를 내게 뻗치면서 말했다.

"야, 이 벌받을 백인 놈아, 네놈은 이 대평원에서 우
는 아이도 뚝 그친다는 붉은 추장의 진지(陣地) 인사도
없이 들어설 작정이냐?"

"이 꼬마 녀석이 기운을 되찾았군."
라고 말한 빌은 바지를 걷어 올려 정강이의 타박상을
살폈다.

"인디언 놀이의 상대역을 해달라는 거군. 버팔로 빌
의 연극도 이 녀석에게는 거리의 교회당에서 환등기로
비춰 주는 팔레스타인의 풍경 정도로밖에는 보이지 않
는 모양이군. 나로 말하면 덫으로 사냥하는 사냥꾼 올
드 행크로서 붉은 추장의 포로가 되었지만, 새벽녘에는
머리통 껍질을 홀랑 벗겨 버릴 거다. 아니 어디 나한테
걸어채여서 날아가 봐라."

빌의 말에 어린애는 재미가 나서 견딜 수 없는 것 같
았다. 동굴에서 야영하는 일에 재미가 나서 자기 자신
이 인질이 된 것조차 모두 잊고 있었다. 어린애는 대뜸
나에게 첩자(諜者)인 '뱀눈'이라는 별명을 붙였다. 그리
고는 부하들이 싸움터에서 돌아오면 해가 뜨는 것과 동
시에 나를 화형에 처하겠노라고 선언했다.

그러고 나서 저녁 식사를 했는데, 꼬마 녀석은 베이
컨과 빵이며 고깃국을 입에 잔뜩 넣고 지껄이기 시작했
다. 식사 중의 이야기는 우선 이런 것이었다.

"이런 놀이가 아주 좋아. 나는 야영해 보는 게 처음이야. 그렇지만 나는 쥐를 가둬 넣고 귀여워한 적이 있어. 이번 생일로 아홉 살이 되었어. 학교에 다니는 건 아주 질색이야. 쥐가 말이지 지미 톨봇 아줌마네 닭이 난 알을 열여섯 개나 먹어 치웠어. 이 숲속에는 진짜 인디언이 있어? 고깃국 더 주지 않을래? 나무가 움직이니까 바람이 부는 거야? 우리집에는 강아지가 다섯 마리나 있었어. 행크, 네 코는 왜 그렇게 빨갛지? 우리 아빠는 부자야. 별은 뜨거운 거야? 나는 토요일날 에드 워커를 두 번씩이나 때려 주었어. 계집애는 딱 질색이야. 너희는 끈을 써야만 두꺼비를 잡지? 암소도 우는 거야? 오렌지는 왜 동그랗지? 이 동굴에 침대가 있어? 에이머트 마리의 발가락은 여섯 개나 돼. 앵무새는 말을 하지만 원숭이나 물고기는 말을 하지 못하지? 몇하고 몇이라야 열둘이 되는 거야?"

몇 분씩마다 꼬마 녀석은 자기가 유능한 붉은 인디언이라는 생각을 해내고는 자루 토막총을 집어 들고 동굴 입구로 다가가서는 밉살스러운 백인 척후병이 있지 않은가 하고 목을 길게 빼며 살폈다. 또한 때때로 인디언의 고함 소리를 쳐서 사냥꾼 올드 행크를 떨게 했다. 꼬마는 처음부터 빌의 간담을 서늘하게 했다.

"이봐, 붉은 추장!"

하고 나는 꼬마에게 물었다.

"집에 돌아가고 싶지 않니?"

"아니, 왜?"

하고 꼬마는 못마땅해했다.

"집 같은 거 재미 없어. 난 학교에 가는 거 딱 질색이야. 이렇게 야영하는 게 아주 좋아. 이봐 뱀눈, 너는 나를 우리집에 데려가지 않을 테지?"

"지금 당장은 데려가지 않아. 이제 얼마 동안 이 동굴에서 지내는 거야."

"좋아, 아주 멋있어. 이렇게 재미나는 건 생전 처음이야."

우리는 열한시쯤 되어서 잤다. 폭 넓은 담요와 깔개를 몇 개 펴고는 붉은 추장을 가운데 두고 잤다. 꼬마 녀석은 도망칠 기색을 보이지 않았다. 꼬마는 우리를 세 시간 동안이나 자지 못하게 굴었다.

꼬마 녀석은 느닷없이 일어나서 총을 손에 쥐고는 나와 빌의 귓가에다,

"쉿, 동지!"

하고 째지는 듯한 소리를 질렀다.

잔나무 가지가 딱하고 소리를 내거나 나뭇잎이 바스락하는 느낌이 들 때마다 꼬마는 어린애다운 상상력에 휘말려서 무법자의 한 떼가 살며시 다가왔다고 여기는 것이다. 그래서 방해를 받으면서 내가 졸기 시작하면 이번에는 내 쪽에서 빨간 털의 거세고 사나운 해적에게

유괴당해서 나무에 꽁꽁 묶인 꿈을 꾸는 형편이다.

바로 새벽녘이었다. 빌이 계속해서 요란한 비명을 올리는 바람에 잠에서 깼다. 그 비명 소리는 아우성치는 소리도 외치는 소리도 또한 울부짖는 소리도 아니며, 고함 소리나 째지는 소리도 아닌 거의 남자의 발성 기관에서는 나오리라고 상상할 수 없을 그런 목소리였다. 단지 그것은 여자가 유령이나 송충이를 목격했을 때 쥐어 짜내는 것처럼 정말 꼴사나운 그런 질리고 한심스러운 비명이었다. 새벽녘에 동굴 속에서 육중하고도 뚱뚱한 사나이가 간단없이 비명을 올리는 것처럼 듣기에 기분 나쁜 일은 없을 것이다.

나는 무슨 일이 생겼나 해서 벌떡 일어나 보았다. 붉은 추장은 빌의 가슴을 말처럼 타고 앉아 한쪽 손으로는 빌의 머리카락을 거머쥐고 있는 것이었다. 꼬마의 다른 한 손에는 베이컨을 자를 때 쓰는 날카로운 칼이 쥐어져 있었다. 전날 밤에 말했듯이 정말 빌의 머리 가죽을 벗기려고 하는 것이었다.

나는 꼬마의 손에서 칼을 빼앗고 다시 한 차례 자도록 했다. 그러나 그런 일이 있은 뒤로 빌은 완전히 기운이 빠지고야 말았다. 그는 잠자리에 누워 있기는 했으나 꼬마가 곁에 있는 한두 번 다시 눈을 감고 자려 하지 않았다. 나는 얼마 동안 졸고 있었지만 새벽이 다가오자 붉은 추장이 해가 뜨는 것과 동시에 나를 화형시켜 버리겠다고 말한 것을 생각해 냈다. 별로 겁을 먹거나 두려워하지는 않았지만 여하간 나는 일어나서 파이프에다 불을 당긴 다음에 바위에 기대 앉았다.

"샘, 왜 그렇게 일찍 일어나 앉았지?"

하고 빌이 물었다.

"나 말이야? 어깨 언저리가 좀 아픈걸. 일어나 앉아 있으면 괜찮을까 생각해서야."

"거짓말이야! 너 겁을 먹고 있지? 해가 뜨는 동시에 화형에 처한다고 말했기 때문에 정말 당하지 않을까 해서 겁을 먹고 있는 것일 테지? 요놈의 꼬마가 성냥을 찾아내야만 그 짓을 할 테지. 샘, 부질없는 짓을 하고 말았나 봐. 이 따위 개구쟁이 꼬마를 되돌려 주는데 과연 돈을 낼 놈이 있다고 생각하나?"

"그야 있고말고."

하고 나는 대답했다.

"이런 개구쟁이 꼬마 녀석을 부모는 더 애지중지하게 마련이지. 자, 너도 그렇고 추장도 그렇고 일어나서 아침 식사 준비를 해줘. 그동안에 나는 이 산꼭대기에 올라가서 정찰을 하고 오겠어."

나는 그 작은 산꼭대기에 올라가서 시야에 들어오는 한도까지 주변 일대를 둘러보았다. 서밋 거리 쪽에는 풀 베는 낫이며 쇠스랑으로 무장한 우악스런 마을 농민들이 비열한 유괴범을 수색하며 부근 일대를 찾아 헤매는 게 보이리라고 여기고 있었다. 그러나 보이는 것은 한 사람이 갈색 나귀를 몰며 밭갈이를 하는 한가로운 경치뿐이었다. 냇가의 바닥을 들치고 있는 사람도 없었고, 정신이 미칠 지경인 양친에게 속수무책이라는 사실을 기별하기 위해 달려가는 사람의 모습도 보이지 않았다. 내 눈앞에 전개되는 앨라배마 바깥쪽 표면의 부분은 쥐죽은 듯이 졸고 있는 숲으로 덮여 있었다. 나는 속으로 생각했다.

(아무래도 늑대들이 울타리 안에서 어린 양을 탈취해 간 사실을 아직 그들이 알아채고 있지 못한 것 같다. 신이여, 늑대들에게 은총을 베풀어 주소서!)

이렇게 말하고 나서 아침 식사를 하기 위해 산꼭대기에서 내려왔다.

동굴에 돌아와 보니 빌은 동굴 벽에 기대 선 채 숨을 가쁘게 몰아 쉬고 있었다. 꼬마는 야자 열매의 절반 정도 크기쯤 되는 돌멩이로 빌을 두들겨 패려 하고 있었다.

"이 꼬마 새끼가 내 등 속에다 새빨갛게 익은 감자를 처넣었어."

하고 빌이 설명했다.

"그래서 이놈을 발로 밟아 버렸지. 나는 볼때기를 내려 갈겨 버렸어. 샘, 총을 갖고 있어?"

나는 꼬마의 손에서 돌을 빼앗은 다음에 겨우 그 자

리를 수습했다.

"보복을 하고 말테야."

하고 꼬마는 빌에게 말했다.

"붉은 추장을 함부로 쳐서 복수를 받지 않은 놈은 없어. 잊지 말라구!"

아침 식사가 끝나자 꼬마는 호주머니에서 끈을 감은 가죽 한 개를 끄집어내더니 그것을 틀면서 동굴 밖으로 나갔다.

"이번에는 또 무슨 짓을 할 작정이지? 저놈이 도망을 치지는 않을 테지, 샘?"

하고 빌은 걱정스럽게 말했다.

"그런 걱정은 없어."

하고 내가 말했다.

"그다지 집을 그리워하는 성미가 아니니까 말이야. 그건 그렇고 몸값을 받을 계획을 세우지 않으면 안 되겠어. 꼬마가 사라진 것에 대해 서밋 거리에서는 그다지 소동을 부리는 낌새는 없어. 아마 꼬마가 아직 사라진 것을 알아차리지 못한 것 같아. 가족들은 꼬마가 간밤에 제인 아줌마네 집이나 이웃집에서 잤을 것으로 생각하고 있을 거야. 여하간 오늘 중에는 없어진 것을 알게 되겠지. 오늘 밤 꼬마와 바꾸는데 2천 달러를 내라고 아비한테 편지를 내지 않으면 안 돼."

바로 그때, 어린 다윗이 대장 골리앗을 때려 누였을

때 외친 그런 고함 소리를 연상시키는 외침이 들려왔다. 붉은 추장이 호주머니에서 끄집어낸 것은 투석기였다. 그것을 꼬마는 머리 위쪽으로 휙휙 돌리고 있었다.

나는 몸을 살짝 돌려서 피했으나 꽝하고 묵직한 소리가 나면서 마치 말안장을 내려놓을 때 말이 내뱉는 것 같은 일종의 한숨 소리 같은 것이 들렸다. 검둥이의 머리 비슷한 계란 크기의 돌멩이가 빌의 왼쪽 귀 뒤쪽에 명중한 것이었다. 빌은 완전히 뻗으면서 때마침 접시를 씻으려고 물을 끓이던 프라이팬을 뒤엎으며 물 속으로 쓰러졌다. 나는 빌을 끌어내어 반 시간 동안이나 찬물을 머리 꼭대기부터 퍼부어 주었다.

얼마 안 있자 빌이 일어났다. 그러고는 귀 뒤쪽을 어루만지면서 입을 열었다.

"샘, 성경 중에서 내가 좋아하는 사람이 누군지 알아?"

"이봐, 침착하라고, 이제 곧 낫게 될 거야."
하고 내가 말했다.

"헤롯왕이야. 이봐 샘, 나를 여기다 내팽개치고 그냥 가버리지는 않을 테지?"

나는 밖으로 나가서 꼬마를 붙잡고 그놈의 주근깨가 덜렁거릴 만큼 두들겨 팼다.

"얌전하게 굴지 않으면 곧장 집으로 보내 버릴 테야. 자 어때? 얌전하게 굴 테야 어쩔 테야?"

"나는 약간 장난했을 뿐이야."
하고 꼬마는 씩씩거리며 볼멘 소리로 말했다.

"올드 행크를 다치게 하려고 했던 것은 아니야. 그렇지만 그놈은 왜 나를 때리고 그러지. 뱀눈, 부탁하겠어. 나를 집에 보내지 않는다면 얌전하게 굴 테야. 그리고 오늘은 흑의단(黑衣團) 놀이를 해주면 말이야."

"나는 그런 놀이를 몰라. 너하고 빌 아저씨하고 하도록 해. 오늘은 저 아저씨하고 놀아야만 해. 나는 일이 있어서 나갔다가 돌아와야만 하니까. 자, 안에 들어가서 아저씨하고 친하게 지내. 다치게 해서 미안하다고 사과하고. 그렇지 않음 당장 집으로 쫓아 버릴 테야."

나는 꼬마와 빌을 악수시키고 난 다음 빌을 한쪽으로 데리고 갔다. 그러고는 이 동굴에서 3마일쯤 떨어진 포플러 클럽이라는 작은 마을에 가서 유괴 사건이 일어난 서밋 거리가 지금 어떤 형편인지 조사하고 오겠노라고 말했다. 그리고 오늘 중에 드셋의 아버지에게 몸값을 요구하고 그 지불 방법을 지시하는 편지를 보내는 게 상책이라고 생각했다.

"이봐, 샘."
하고 빌은 말했다.

"지금까지 말이야 나는 지진이나 화재 사건, 홍수, 도박, 다이너마이트 폭발, 경찰의 검거, 열차 강도, 태풍 따위 무슨 일이 있건 간에 주저하지 않고 자네를 도와 주었어. 나는 저 두 다리를 가진 천하의 망나니 꼬마 녀석을 여기로 끌고 오기까지 무슨 일이든 조금도 겁내지는 않았어. 그렇지만 저놈에게는 질려 버렸어. 샘, 너무 오래도록 저놈과 내가 둘이서만 남아 있게 하지는 말아 줘.”

“점심 때가 지나면 돌아올 거야. 내가 돌아올 때까지 저 꼬마를 놀게 해주고 얌전하게 굴게 해야만 돼. 이제 드셋 아버지한테 편지를 써야겠어.”
하고 나는 말했다.

빌과 나는 종이와 연필을 꺼내 가지고 편지를 쓰기 시작했는데, 그동안 붉은 추장은 담요를 몸에 감고 동굴 입구를 이리저리 다니면서 망을 보고 있었다.

빌은 몸값을 2천 달러가 아닌 1천 5백 달러로 하자고 애원하듯 나에게 부탁했다.

“어버이의 애정이라는, 누구나 다 아는 도덕적인 일을 가지고 구두쇠 짓을 할 리는 추호도 없겠지. 그러나 여하간 상대방은 인간이고 그 따위 주근깨투성이의 살쾡이 같은 40파운드짜리 덩어리의 몸값으로 2천 달러를 내놓는다는 것은 아무리 생각해도 인간적이지 못해. 나는 1천 5백 달러로 해보고 싶어. 나머지 부담은 내 부담으로 해도 좋으니까 말이야.”

그래서 빌을 안심시키기 위해서 나는 승인했다. 그리고 둘은 다음과 같은 편지를 만들었다.

　에브니저 드셋 씨에게

　우리는 당신의 아들을 서밋 거리에서 멀리 떨어진 어떤 장소에 숨기고 있다. 당신이나 또는 수완이 뛰어난 탐정이 당신 아들을 찾아내려고 애쓴다 해도 그것은 부질없는 노릇이다. 아들을 다시 찾을 수 있는 유일한 조건은 다음과 같다. 우리는 아들을 돌려주는데 있어서 고액의 지폐로 1천 5백 달러를 요구한다. 그 돈을 오늘 밤 귀하의 회답 편지와 똑같은 지점—그것은 나중에 적을 것임—에 넣어 둘 것. 이 조건을 승낙한다면 오늘밤 8시 30분에 그 회답을 문서로 해서, 오로지 한 사람의 인편에 갖다주기 바란다. 포플러 클럽으로 가는 큰길의 아울 클리크를 지나가면 오른쪽 밀밭 울타리 근처에 약 1백 야드 간격으로 큰 나무가 32그루 서 있다. 그 세 번째 나무 맞은편 울타리 갱목 밑에는 작은 상자가 놓여져 있을 것이다. 당신의 심부름꾼은 이 상자 속에다 회답 편지를 넣고 곧 서밋으로 돌아가야 할 것이다. 만약 귀하가 배신을 하거나 혹은 위와 같은 요구를 불응하는 경우에는 두 번 다시 아들을 구경할 수 없을 것이다. 요구한 금액대로 지불하는 경우에는 아들은 세 시간 이내에 안전하게 귀하에게 돌아갈 수 있을 것이다. 이 조건은 최후이다. 만일 이에 응하지 않는 경우, 그 이후의 연락은 일체 하지 않을 것임을 알아주기 바란다.

생명을 아끼지 않는 두 사람으로부터.

나는 이 편지에다 드셋이라는 수신인의 이름을 써서 호주머니에 넣었다. 떠나려고 하니 꼬마가 와서 이렇게 말했다.

"이봐 뱀눈, 네가 없는 동안에 흑의단 놀이를 해도 좋다고 그랬지?"

"물론 좋지. 빌 아저씨가 상대해 줄 거야. 그렇지만 그건 어떤 식의 놀이지?"

"내가 흑의단이 되는 거야."

하고 붉은 추장이 말했다.

"인디언이 기습해 오는 것을 알리기 위해서 나는 개척촌의 방어진지 울타리까지 말을 타고 가지 않으면 안 돼. 나는 이제 인디언 놀이는 딱 질색이야. 흑의단이 되고 싶어."

"그래, 알았어."

하고 나는 말했다.

"그런 것이라면 크게 해로운 게 아닌 것 같군. 그런 고약한 야만인들을 무찌르는 작전이라면 빌 아저씨가 도와줄 거야."

"내가 뭘 한다고?"

하고 빌은 못마땅한 듯이 꼬마를 보며 물었다.

"너는 말이야. 손과 무릎을 땅에다 대고 기는 거야.

말이 없으면 방어진지 울타리까지 갈 수 없잖아?"
하고 흑의단은 말했다.
 "계획이 제대로 될 때까지는 꼬마를 즐겁게 해주는
편이 좋아. 자, 기분 좋게 해주도록 해."
하고 내가 말했다.
 빌은 말이 되어 주었다. 그는 함정에 빠진 토끼 같은
눈이 되었다.
 "방어진지 울타리까지는 얼마가 되냐, 꼬마야?"
하고 빌은 목쉰 소리로 물었다.
 "60마일이야. 빨리 달려가지 않으면 시간이 어긋난단
말이야. 자, 어서 달려!"
하고 흑의단은 말했다.
 흑의단은 빌의 등판 위에 올라 타고는 그의 옆구리를
발뒤꿈치로 냅다 걷어찼다.
 "되도록 빨리 돌아와 주어야지만 하겠어. 샘, 몸값은
1천 달러 이상으로 하지 않는 게 좋았을걸."
하고 빌은 말했다.
 "이봐, 나를 그만 걷어차! 그만두지 않으면 일어나서
막 때려 줄 테야."
 나는 걸어서 포플러 클럽까지 가서 우체국을 겸한 잡
화 가게에 앉아서, 장사 일 때문에 그곳에 찾아드는 마
을의 장사꾼들과 잡담을 나누었다. 한 사람의 털보가
에브니저 드셋의 어른의 아들이 길을 잃었거나 유괴 당

해서 서밋 거리에서는 소동이 났다고 말했다. 알고 싶은 것은 그것이었으므로 나는 담배를 사고 일부러 완두콩 값을 물어 보면서 편지를 슬쩍 우편함 속에다 넣고 그 곳에서 물러나왔다. 우체국장은 한 시간만 있으면 서밋 거리로 가는 편지를 가지러 집배원이 올 것이라고 말했다.

동굴로 돌아가 보니 빌과 꼬마의 모습이 보이지 않았다. 나는 동굴 부근을 찾아본 뒤에 위험을 무릅쓰고 한두 번 소리를 질러 보았으나 아무 반응이 없었다.

그래서 파이프에다 불을 당긴 다음 이끼가 잔뜩 낀 둔덕에 걸터앉아서 어떻게 될 것인지 지켜보고 있었다. 반 시간쯤 지나자 관목을 사각사각 스치는 소리가 나면서 빌이 동굴 앞의 작은 공터 앞으로 어슬렁어슬렁 걸어왔다.

뒤쪽에서는 꼬마가 얼굴에 잔뜩 웃음을 띠고는 척후병 같은 조심스런 발소리로 걸어왔다. 빌은 멈춰 서자 모자를 벗고 붉은 손수건으로 얼굴을 닦았다. 꼬마는 빌의 뒤쪽 8피트 되는 곳에 섰다.

"샘."

하고 빌이 입을 열었다.

"자네는 내가 배신자라고 생각할지 모르지만 어쩔 수 없었다네. 나로 말하더라도 의젓한 존재야. 남자로서의 의지도 갖고 있지. 남에게 짓밟힌 채 잠자코 있을 성미는 아니야. 하지만 인간이란 의지나 배짱이 사라질 때도 있지. 꼬마는 가버렸어. 내가 집으로 돌려보냈어. 이쯤 됐으니 우리는 파산이야."

하며 빌은 말을 계속했다.

"옛날 순교자들 중에는 자기 손아귀에 넣은 특별한 이익을 포기할 바에는 죽는 편이 낫다고 한 놈이 있지만, 그런 놈일지라도 내가 겪은 것 같은 초자연적인 고통을 겪지는 않았을 거야. 나 역시 그 약탈품에 대해서는 가능한 한 충실을 기하려고 했지만 경우에 따라서는 한계가 있는 것이니까."

"어떤 일을 당했나, 빌?"

하고 나는 물었다.

"나는 1인치도 빼놓지 않고 방어진지 울타리까지 90마일 거리를 말이 되어서 갔지."

하고 빌은 말했다.

"그래서 개척자들을 무사히 구출해 내자 나에게 귀리를 먹였어. 하지만 귀리의 대용품이 모래라면 좀처럼 먹을 수 없는 노릇이지. 그로부터 한 시간을 나는 꼬마로부터 어째서 구멍 속은 텅 비어 있는 것이냐, 어째서 길은 좌우로 뻗어 있는 것이냐, 무슨 까닭에 풀은 파란 것이냐, 하는 것 따위를 일일이 설명해 주어야만 했어. 자, 샘, 인간이라면 참는 것도 그 정도로 한계가 있을 게 아닌가? 나는 그놈의 멱살을 움켜잡고 산에서 끌어

내리고야 말았다. 그 도중까지만 하더라도 꼬마는 내 정강이를 막 걷어찼어. 덕분에 내 무릎 아래쪽은 멍투성이가 되었고, 엄지손가락은 두세 번씩이나 마구 물려서 부어 올랐지."

빌은 다시 말을 이었다.

"그렇지만 이제 꼬마 녀석은 없어. 집으로 돌아가고 말았어. 나는 서밋 거리까지 가는 길을 가르쳐 주고, 한 대 걷어차서 거리 쪽으로 8피트쯤 가깝게 만들어 주었지. 몸값을 수포로 돌아가게 한 것은 아깝지만 그렇게라도 하지 않는다면 이 빌 드리스콜은 정신병원에 들어가게 될 거야."

빌은 후우, 후우, 하며 가쁜 숨을 몰아 쉬었으나, 차츰 장밋빛으로 발그레해진 얼굴에는 말할 수 없는 안도감과 만족의 빛이 서렸다.

"빌, 자네 집안에는 심장병 환자가 없었을 테지, 안 그래?"

"없어. 학질과 사고를 제외하고는 지병은 없어. 그런데 왜?"

하고 빌은 말했다.

"그렇다면 오른쪽으로 돌아 뒤를 보게나."

하고 내가 말했다.

돌아선 빌은 꼬마를 목격하자 얼굴빛이 변하면서 땅바닥에다 엉덩방아를 찧었다. 그러고는 그곳의 풀이며 잔나무 가지를 마구 뽑아 당겼다.

한 시간쯤 나는 그 녀석이 정신에 이상이 생긴 게 아닌가 하고 걱정했다. 그러고 나서 나는 계획을 재빨리 실천에 옮겨서, 드셋의 아버지가 이쪽 제안을 받아 준다면 몸값을 받고 한밤중까지는 돌려보내 줄 것이라고 빌에게 말했다. 빌도 겨우 기운을 되찾아 꼬마에게 희미한 미소를 던지며 좀더 기분이 좋아지면 노일(露日) 전쟁 놀이를 해서 러시아 병사 노릇을 해주겠다고 약속했다.

나는 계획이 들통이 나서 위험에 처하는 일이 없이 몸값을 받아 쥐는 정식 유괴범조차도 깜짝 놀랠 만한 계획을 갖고 있었다. 회답이—그 다음에는 돈이—기둥 밑에 놓이게 되는 장소는 길가의 울타리 쪽이긴 하지만, 그 언저리는 사방이 아무것도 없는 넓은 들판이었다. 그러므로 경찰이 편지를 가지러 오는 사람을 지켜보려고 한다면 들판을 가로지르거나 도로를 지난다 해도 쉽사리 멀리서 볼 수 없을 것이다. 더구나 누가 그런 수법을 알아챌 수 있단 말이냐. 여덟시 반에 나는 재빨리 그 나무 위쪽에 청개구리처럼 몸을 숨기고 심부름꾼이 오기를 기다렸다.

제 시간이 되자 거의 어른이 다 된 소년이 자전거를 타고 길을 달려와, 울타리 기둥 밑에 있는 상자를 발견하자 접은 편지를 그 속에다 내던지고는 서밋 거리 쪽으로 돌아갔다 .

　나는 한 시간쯤 기다린 다음에 이제는 문제 없다고 판단했다. 나무에서 미끄러져 내려와서 편지를 꺼낸 다음 울타리를 따라서 살그머니 숲속에 이르자, 그로부터 30분쯤 시간이 걸려 동굴로 돌아왔다.

　편지를 편 다음 카바이트 불 옆으로 가서 빌에게 읽어 주었다. 그 글씨는 펜 글씨였고 읽기가 힘든 필적인데 요약한다면 다음과 같다.

　　생명을 아끼지 않는 두 사람 귀하

　안녕하십니까? 오늘 우편으로 내 자식의 반환에 대해 귀하가 요구하는 몸값에 대한 귀하의 편지를 받아 보았습니다. 귀하의 요구는 다소 값이 비싼 것 같아서 여기에 반대되는 제의를 합니다. 다분히 수락할 줄로 압니다. 귀하가 조니를 우리집으로 데리고 오셔서 현금으로 2백 50달러를 지불해 준다면 저는 귀하로부터 조니를 인수하는데 동의합니다. 찾아오시는 것은 밤이 좋다고 생각합니다. 왜냐 하면 이웃 사람들은 이미 내 자식이 행방불명이 되었다는 것을 믿고 있고, 내 자식을 데리고 오는 사람을 발견할 때 그 사람들이 어떤 짓을 할지 본인으로서도 책임질 수 없기 때문입니다. 총총.

에브니저 드셋

"이런 악당놈 같으니!"
하고 나는 말했다.
"뻔뻔스러운 것도 분수가 있지."
그러나 나는 흘끔 빌을 바라보고는 말했다. 빌은 차마 눈을 뜨고 볼 수 없는 비참한 눈빛이었기 때문이다.
"샘,"
하고 그는 말했다.
"결국 2백 50달러가 뭐란 말이지. 그 정도의 돈이라면 우리도 갖고 있지 않나. 이 녀석을 하룻밤 더 데리고 자는 날이면 나는 미쳐서 병원에 갈 게 틀림없어. 드셋 씨야말로 훌륭한 신사일 뿐 아니라, 이러한 관대한 요청을 하는 것을 보면 돈에 욕심이 없는 어진 사람이야. 자네는 손수 이 기회를 놓치려고 하는 것은 아닐 테지?"
"빌, 사실을 말하자면 이렇다네."
하고 내가 말했다.
"이 꼬마 녀석에게는 막상 나도 손들었어. 이 녀석을 집에다 데려다 주고 몸값을 지불하고 떠나기로 하세."
그날 밤 우리는 어린애를 집으로 데리고 갔다. 아버지가 은장식이 달린 총과 사슴 가죽으로 만든 구두를 어린애에게 사주었다. 내일은 모두들 사냥을 나간다고 타일러서 겨우 집으로 데려간 것이었다.
에브니저 집 현관 문을 두드린 것은 바로 밤 열두시

였다. 원안(原案)에 의하면 나무 밑 상자로부터 1천 5백 달러를 꺼내야 할 바로 그 시간에 빌은 드셋의 손에다 2백 50달러를 쥐어 주었다는 경과였다.

꼬마 녀석은 우리가 놈을 집에다 남겨 두고 가버릴 것을 알아차리자 증기 올갠처럼 아우성치면서 거머리처럼 빌의 다리에 늘어붙었다. 아버지는 반창고를 뜯어내듯이 꼬마를 서서히 빌로부터 떼어냈다.

"얼마 동안이나 이애를 잡아둘 수 있어요?"

하고 빌이 물었다.

"나도 옛날만큼 세지는 않지만……."

하고 드셋 부친은 말했다.

"10분 정도는 약속할 수 있을까."

"그렇다면 충분합니다."

하고 빌이 말했다.

"10분만 있으면 중부, 남부, 중서부 주를 횡단해서 캐나다 국경을 목표로 뛰어 달려갈 수 있겠지요."

밖은 어두웠고 빌은 뚱보인데다 나는 발이 빠른 편이었지만 내가 빌의 뒤를 쫓아간 것은 서밋 거리로부터 1마일 반은 떨어진 위치였던 것이다.

—The Rausom of Red Chief

시계추

　"81번가―내려 주십시오!"
하고 푸른 제복을 입은 양치기(차장을 재미있게 말하는
것)가 외쳤다.

　시민이라고 하는 양의 한 떼가 바삐 내리고 다른 한
떼가 꾸역꾸역 올라탔다. 땡, 땡하고 소리를 내며 맨해
튼 고가(高架) 철도의 가축 전차는 사라져 갔다. 존 퍼
킨즈는 흩어져 가는 양떼 속에 섞여 역의 계단을 내려
섰다.

　존은 자기 아파트를 향해서 느릿하게 걸어갔다. 느릿
하게라고 하는 것은 그의 일상생활의 사전(辭典)에는
'여차하면'이라고 하는 따위의 말이 없었기 때문이다.
결혼한 지 2년이 되었다. 더구나 아파트에 살고 있는
사나이에게 뜻밖의 일이 기다려 줄 까닭이란 없는 법이
다. 존 퍼킨즈는 걸어가면서 우울한 기분에 잠긴 자조
섞인 웃음을 씹어 삼키면서 단조로운 하루의 결말을 마
음속에서 예언하고 있었다.

　케디가 콜드 크림 냄새와 버터볼 냄새가 풍기는 키스

를 해주며 문가에서 그를 맞이해 줄 것이다. 나는 윗도
리를 벗고는 자갈이라도 깐 듯한 그런 긴 의자에 걸터
앉아서 석간 신문을 펼치고, 냉혹한 주입식자기(鑄込植
字器)로 살해당한 러시아 병사와 일본 병사에 관한 기
사(노일전쟁을 뜻한다)를 읽는다. 저녁 식사로는 냄비
볶음 고기와 절대로 피부를 손상시키지 않는다고 보증
한 양념으로 만든 샐러드와 대황으로 끓인 국과, 상표
에 씌어 있는 화학적인 순도(純度) 증명이 부끄러워서
낯을 붉히고 있는 병에 든 딸기잼이 나올 것이다.

저녁 식사 후에 케디는 얼음 배달부가 그녀를 위해
넥타이 끝을 잘라 준 것을 하나하나 꿰매 붙여 만든 조
각 이불보를 보여줄 것이다. 7시 반이 되면 우리들은
가구 위에다 신문지를 덮는다. 머리 위쪽 방에 살고 있
는 뚱보 씨가 체조를 시작하면, 그때마다 떨어져 내리
는 벽에 붙은 백회 부스러기를 받기 위해서이다.

8시가 되면 복도 저쪽 방에 살고 있는 뜨내기 배우
(목하 출연 계획이 없다)인 힛키와 무늬가 가벼운 알콜
중독증 발작을 일으켜서 흥행주인 해 머시타인(독일인
으로 오페라 극장 등을 창설한 사람) 씨가 1주일에 5백
달러로 계약하겠다고 자기네를 쫓아다닌다는 그런 망상
에 사로잡혀서 의자를 마구 뒤엎기 시작한다.

이윽고 환기 구멍을 사이에 둔 저쪽 방에 살고 있는
신사는 플루트를 꺼낸다. 거리에서는 밤의 가스 등불이

번뜩이며 까불대기 시작하고, 요리를 운반하는 엘리베이터가 트롤에서 벗겨진다. 관리인이 자노비키 부인의 다섯 명의 어린애를 다시 한 번 흡사 압록강(노일전쟁 전쟁터를 의미한다) 저쪽으로라도 쫓아 버리듯이 쫓아 버린다. 샴페인 술빛의 구두를 신고 스코치 테리어를 데리고 있는 부인이 허둥지둥 아래층으로 내려가 초인종과 우편함 머리 쪽에다 그녀가 목요일에만 사용하는 이름을 써붙인다. 이리하여 프러그모어 아파트의 밤은 여느때나 다름 없이 깊어간다.

존 퍼킨즈는 이러한 일들이 어김없이 일어나리라는 것을 알고 있었다. 이어서 8시 15분이 되면, 스스로 용기를 내어 손을 뻗쳐 모자를 잡으리라는 것과 아내가 바가지를 긁는 말투로 다음과 같이 질문하리라는 것을 알고 있다.

"당신 어디 가요? 가르쳐 줘요, 존 퍼킨즈."

"잠깐 동안 백크로스키한테 가서 그 사람하고 당구를 한두 번 치고 돌아오려구 해."

하고 나는 대답해 줄 것이다.

이런 것이 요즘의 존 퍼킨즈의 습관이 되었다. 10시나 11시에는 집으로 돌아온다. 케디는 이미 자고 있을 때도 있고 경우에 따라서는 치미는 분노의 도가니 속에서 결혼이라고 하는 강철 사슬로부터 다소나마 도금한 것을 벗겨 버리려고 자지 않고 기다리는 수도 있다.

이런 모든 것에 있어서 큐핏(사랑의 신)이 사랑의 프로그모어 아파트에 살고 있는 희생자들과 더불어 그가 재판정에 섰을 때 변명해 주지 않으면 안될 것이다.

그날 밤, 방문 앞에 다다르자 존 퍼킨즈는 그런 평범한 생활 속에서 발생한 엄청난 변화에 직면했다. 그다지도 사랑이 넘치고 사탕 냄새가 담뿍 풍기는 그 사랑스런 케디의 모습이 사라지고 만 것이다. 세 개의 방은 놀랄 만큼 어지럽혀져 있었다. 거기에는 케디의 물건들이 엉망진창으로 흩어져 있었다. 구두는 마루 한복판에 팽개쳐져 있었고 머리를 둥글게 마는 고데기며 머리 장식용 리본, 옷, 화장품 따위가 난장판처럼 화장대와 의자 위에 내팽개쳐져 있었다.

이것은 분명히 케디가 한 짓은 아니다. 존은 그녀의 갈색 머리털이 빗살에 뭉쳐진 채 끼여 있는 것을 멍청하게 바라다보았다. 무언가 매우 다급한 일이거나 아니면 정신을 뒤엎을 만한 그런 일이 생겨서 나간 것임에 틀림없다. 왜냐하면 여느때 같으면 그녀는 이렇듯 빗살에 낀 머리카락은 어김없이 모아 두었다가 남들이 부러워할 그런 가발을 만들기 위해서 벽난로 위의 작은 푸른 꽃병 속에다 정성스럽게 보관해 두기 때문이다.

쪽지를 접은 편지가 곧 눈에 띄도록 가스등 주둥이 쪽 끝에 묶여 늘어져 있었다. 존은 그것을 움켜 잡았다. 그것은 아내가 휘갈겨 쓴 것으로서 다음과 같은 글이었다.

　　　사랑하는 존

　방금 어머니가 위독하시다는 전보를 받았어요. 4시 30분 발 기차를 타겠어요. 동생 샘이 역으로 마중 나오도록 되어 있어요. 냉장고에는 냉동한 양고기가 들어 있어요. 전번 같은 후두염 재발이 아니면 다행이라고 여겨요. 우유 배달부에게 50센트를 내주세요. 어머니는 지난 해 봄에 후두염으로 몹시 고생하셨어요. 가스 회사에 계량기에 대한 편지 붙이는 것을 잊지 마세요. 외출용 양말은 맨 위쪽 서랍에 들어 있어요. 내일 그곳에서 편지 드리겠어요. 매우 급해서 이만 줄여요.

케 디

　결혼한 지 2 년 동안을 그와 케디는 하룻밤도 떨어져 지낸 적이 없다. 존은 어리둥절해진 채 휘갈겨 쓴 편지를 몇 번이고 거듭해서 읽었다. 지난날에 단 한 번도 변함이 없었던 요지부동의 일상생활에서 이제 하나의 금이 생긴 것이다. 그는 다만 멍청해져 있었다. 의자 등에는 케디가 언제나 식사 준비할 때 입는 검정색 물방울 무늬의 빨간 실내복이 마치 껍질을 벗은 것처럼 보기 흉하게 걸려 있었다. 기차 시간표를 잘라낸 자리가 네모지게 구멍 난 신문지가 펼쳐진 채 마룻바닥에 뒹굴고 있었다. 방안의 온갖 것은 상실을, 아니 소중한 것을 잃어버렸음을 말해 주고 있었다. 존 퍼킨즈는 기묘하게 허탈한 생각에 젖어서 이 죽음의 잔해 속에 버티고 서 있었다.

그는 가능한 한 가지런히 방을 정리하기 시작했다. 그녀의 옷가지가 손에 닿았을 때 무언가 공포와도 같은 전율이 온몸을 오싹하게 했다. 케디가 없는 생활이 어떤 것인지 그는 여태껏 한 번도 생각해 본 일이 없었다.

그녀는 이미 완전히 그의 생활 속에 녹아들어 있었기 때문에 아내는 그에게 있어서 흡사 숨쉬는 공기처럼, 즉 필요불가결한 것이지만 그런 존재를 전혀 알아차릴 수 없이 되고 말았던 것이다.

그런데 이제 그녀는 아무런 예고도 없이 가고 말았다. 마치 처음부터 존재하고 있지 않았던 것처럼 완전히 사라져 버린 것이다. 물론 그것은 2,3 일이거나 길어야 고작 한두 주일일 것이다. 그러나 존에게 있어서는 마치 죽음의 손이 무사태평한 그의 가정을 겨냥한 것으로 여겨졌다.

존은 냉장고에서 냉동한 양고기를 꺼내고, 커피를 끓였고, 염치도 없이 화학적 순도를 보증한다는 상표를 붙인 딸기잼을 코앞에 놓고 홀로 식탁에 앉았다. 냄비 고기볶음과 황갈색 양념을 넣은 샐러드가 잃어버린 행복 속에서 지금은 자취도 없는 환영처럼 보였다. 나의 가정은 흐트러지고 말았다. 후두염에 걸린 장모가 그의 수호신을 창공 저 너머로 쫓아 버리고 말았다.

담배를 피울 생각조차 하지 않았다. 창밖의 거리는 어서 나와서 환락 속에 춤추는 패거리에 끼어들라고 소란하게 그를 유혹하고 있었다. 오늘 밤은 존 하나의 밤이었다. 그럴 생각만 있다면 누구에게 나무람을 받지 않고도 외출할 수 있고, 거리의 건달 같은 독신자와 마찬가지로 자유롭게 환락을 누릴 수도 있다. 밤새껏 퍼마시며 지낼 수도 있고, 무엇 하나 거리낌없이 마음껏 하고 싶은 것을 할 수가 있다.

환락의 여운에 젖어서 돌아오는 그를 화가 나서 기다리고 있을 케디도 이제는 없다. 원하기만 한다면 새벽의 여신이 전등의 그림자를 지워 주는 아침이 다가오기까지라도 건달 친구들과 맥크로스키가 있는 곳에서 당구를 친다고 하더라도 전혀 차질이 없는 것이다. 이 프로그모어 아파트가 몹시 못마땅하게 여겨지고 있을 때, 항상 그를 묶고 있던 결혼의 굴레가 풀어지고 말았다. 케디는 가버리고 만 것이다.

존 퍼킨즈에게는 자기의 감정을 분석한다는 따위의 습관이 없었다. 그러나 케디가 없는 너비 10피트, 길이 12피트짜리 방안에 이렇게 앉아 있으려니 그는 자신의 불안의 기조(基調)에 정면으로 부딪힌 것이다. 자기의 행복에 있어서는 케디가 없어서는 안 된다는 것을 새삼스럽게 깨닫게 된 것이다.

아무런 생활의 변화가 없는 가정 생활의 반복 때문에 무의식중에 잠들어 있던 그녀에 대한 감정이 이제 그녀를 잃음으로써 비로소 거센 눈을 뜬 것이다. 아름다운 목소리를 가진 새가 날아가 버리기 전까지, 우리는 그 아름다운 목소리를 진실되게 감상해 보려 들지 않는 법이다. 그러한 사실은 격언이나 설교나 우화 따위에 의해서, 혹은 그 이상의 설득력을 가진 명언에 의해서 이미 귀에 못이 박히도록 들었던 것은 아닐는지……

(나는 정말 멍청이구나.)

하고 존 퍼킨즈는 생각에 잠겼다.

(여태껏 그런 식으로 케디를 다루었다니……그녀와 매일 저녁 집에서 함께 지내는 대신 밖으로 뛰어나가 젊은 패거리들과 술을 퍼마시며 소란이나 피웠던 것이다. 케디는 가엾게도 무엇 하나 마음의 위로를 받지 못하고 외톨이로 집에서 기다리고만 있었는데도, 그동안 나는 멍청이 노릇만 했던 것이다. 존 퍼킨즈여, 너는 어떤 벌을 받아야 마땅한 인간이냐 말이다. 사랑하는 케디를 위해서 무언가 보상을 해주어야 한다. 밖에 데리고 나가서 무언가 재미나는 것을 구경시켜 주리라. 그리고 맥크로스키 등 노는 친구들과는 오늘 이 시점에서 손을 딱 끊어 버리고 말 테다.)

창밖에서는 어김없이 존 퍼킨즈를 향해 '조롱의 신'을 뒤따라 춤추는데 가담하라고 소란스럽게 그를 부르고 있었다. 그리고 맥크로스키가 있는 곳에서는 여느 때나 다름없이 패거리들이 밤의 내기 시간이 다가오기까지 한가한 시간을 메우느라 당구를 치고 있었다.

그러나 이제는 환락의 길도, 당구를 치는 듣기 좋은 큐의 소리도, 케디를 잃어버린 퍼킨즈의 전비(前非)를 뉘우친 마음을 더이상 유혹할 수 없었다. 지금까지만 하더라도 그렇게까지 소중하게 여기지 않고 도리어 반쯤은 경멸까지 하던 사랑하는 사람을 수중에서 빼앗겨 버린 지금, 그는 그 사랑하는 사람이 너무도 그리웠다.

존 퍼킨즈의 오른손 바로 옆에는 의자 한 개가 있었다. 그 의자 등에는 케디의 푸른색 블라우스가 걸려 있었다. 그것은 다소나마 아직도 케디의 모습을 드러내 보이고 있었다. 그 블라우스 중간 쪽에는 그를 위하고 그를 기쁘게 해주기 위해서 그녀의 팔이 움직일 때 만들어진 가느다랗고도 독특한 주름이 잡혀 있었다.

어렴풋하지만 그의 마음을 녹이는 듯한 야생의 히야신스 꽃냄새가 그곳에서 풍기고 있었다. 존은 그 블라우스를 집어들었다. 그리고 그는 언제까지나 조용히 그 차가운 얇은 옷을 바라보고 있었다. 케디는 단 한 번도 이렇게 차가운 적이 없었다. 이번에 케디가 돌아온다면 무엇이건 간에 모두가 일변하리라. 나는 지금껏 그냥 내팽개쳐졌던 것을 보상해 주리라.

문이 열렸다. 케디가 손가방을 들고 들어섰다.

"어머, 당신이 돌아와 계셔서 기뻐요. 어머니는 그다지 위독하시지 않았어요. 샘이 역까지 마중을 나왔어요. 그런데 어머니는 병환이 약간 덧치셨는데 전보를 친 다음에 사뭇 회복이 되셨대요. 그래서 다음 기차로 돌아왔어요. 여보, 커피가 아주 마시고 싶어요."

프로그모어 아파트의 3층 정면 방이 '사무에의 질서' 에로 그 기계 소리를 윙하고 다시 내게 되었을 때 톱니바퀴가 돌아가는 소리를 들은 사람은 아무도 없었다. 피대가 미끄러지고 톱니가 조절되고, 수레바퀴는 다시 여느 때처럼 돌아가기 시작했다.

존 퍼킨즈는 기둥의 시계를 보았다. 8시 15분이었다. 그는 모자를 들고 문 쪽으로 걸어갔다.

"당신 어디 가시려고요? 가르쳐 줘요, 존 퍼킨즈?" 하고 케디는 대드는 듯한 말투로 물었다.

"잠깐 맥크로스키가 있는 데 가려고 그래." 하고 존은 대답했다.

"그 패들 하고 당구를 한두 번 치려고 말이야."

—The Pendulum

봄철 식단표

3월 어느 날의 일이다.

이야기는 결코 이런 식으로 시작해서는 안 된다. 이 이상 서투르게 서두를 써나가지는 않을 것이다. 상상력이 결핍되고 무미건조하며 헛된 말을 늘어놓기 십상인 것이다. 하지만 지금의 경우는 용납될 수 있을 것이다. 왜냐 하면 이 이야기의 서두가 될 다음의 한 구절은 너무나 상궤(常軌)를 벗어나고 또한 불합리해서 미리 아무런 준비가 없는 독자들에게 정면으로 갖다 들이댈 수 없기 때문이다.

세러는 식단을 바라보며 울고 있었다.

메뉴 카드에다 눈물을 흘리고 있는 뉴욕의 아가씨를 상상해 주기 바란다.

이 설명으로써 왕새우가 품절이 됐다든지, 사순절 동안은 아이스크림을 팔지 않는다든지, 양파 요리를 주문했다든지(매워서 눈물이 난다는 뜻), 혹은 멜로드라마의 낮 공연을 보고 갓돌아왔다든지 마음대로 상상해도 무방하다. 그러나 이런 경우에는 그런 억측은 모두가 터무니없는 노릇이므로 우선 이야기를 진행시키기로 하자.

이 세상은 굴이며 나는 칼로 그놈을 까겠다고 선언한 신사(셰익스피어의 희극 ≪윈저의 명랑한 아낙네들≫에 등장하는 도화사 피스톨의 대사)는 터무니없는 대성공을 거두었다. 굴을 칼을 가지고 까는 일은 어렵지 않은 일이다. 그러나 인생이라고 하는 조개를 타자기로 까려고 하는 사람을 누군가 본 사람이 있을까? 그러한 방법으로 한 타(打)의 생굴을 까는 것을 기다리고 싶다고 생각할 수 있을까?

세러는 이런 다루기 어려운 무기를 사용해서 어떻든 조개껍질을 까서 차갑고도 끈적거리는 속알맹이를 아주 약간 씹을 수 있었다. 설령 그녀가 실업학교에서 갓 졸업한 속기과(速記科) 출신이라고 할지라도 속기를 모른다는 점에서는 매한가지였다. 속기가 능숙하지 못하므로 여자 사무원들의 눈부신 재원들 틈에 낄 수가 없었다. 그래서 직장이 없는 타자수로서 타이프 복사라고 하는 일 같지 못한 일의 주문을 받아야 했다.

세러가 이 세상에서 연기를 보인 싸움 중에서 가장 눈부신 업적은 쉬렌버그 씨의 대중식당과 맺은 계약이었다. 그 식당은 그녀가 현관 윗방을 세든 낡은 벽돌집과 이웃하고 있었다. 그녀는 어느 날 저녁에 쉬렌버그 식당에서 40센트짜리 다섯 가지로 된 정식(定食)(그것은 흑인 인형의 머리에다 야구공 5개를 던지는 것과 다름없이 빨리 날라다 준다)을 먹고는 식단을 가지고 돌아왔다. 그 식단은 영어인지 독일어인지 도무지 가려낼 수 없는 글자로 씌어 있어서, 주의해서 살피지 않으면 이쑤시개와 라이스 푸딩으로 시작하여 수프 다음에는 요일의 이름으로 끝나는(이것은 보통 메뉴와는 순서가 반대이다) 배열이었다.

이튿날 세러는 쉬렌버그 씨에게 깨끗한 카드 한 장을 보였는데, 거기에는 '오드볼'로부터 시작해서 '외투나 우산을 잊지 마세요'로 끝나기까지 요리 품목이 질서 정연하게 더구나 식욕을 북돋워 줄 듯이 아름답게 타자로 쳐져 있었다.

쉬렌버그는 즉석에서 귀화한 미국 시민이 되었다(그 자리에서 바른 미국어를 알았다는 것을 재미나게 표현한 것). 세러가 돌아가기 전에 쉬렌버그는 자기 스스로가 그녀와 한 가지 계약을 맺지 않으면 안 되게 되었다. 그녀는 이 식당의 21개 식탁에다 타이프를 친 식단표를—만찬의 메뉴는 매일 새롭게, 아침 식사와 점심 메뉴는 품목이 바뀌거나 더러워져서 깨끗한 게 필요할 때에는 그때마다 새로이 만들어—제공키로 했다.

이에 대한 답례로서 쉬렌버그는 매일 세 번의 식사를 급사로 하여금, 그것도 가능한 한 예의 바른 급사가 배달해 주기로 했다. 또한 매일 오후에는 다음날의 쉬렌버그 식당의 손님들에게 운명의 여신이 준비해 준 품목을 연필로 휘갈겨 써서 그것을 그녀에게 제공해 주기로 했다.

그러한 결정의 결과는 쌍방에게 만족스러웠다. 식당의 단골 손님들은 자기네가 먹고 있는 것의 정체가 때로 무엇인지 모르고 먹었으나 이제는 그것이 어떤 품목의 요리인지 알게 되었다. 세러도 춥고 따분한 겨울 동안에 때를 거르지 않게 되었는데 그것은 그녀에게 있어 가장 중대한 일이었다.

그로부터 달력이 거짓말을 해서 봄이 다가왔노라고 말했다. 봄은 시기가 닥치면 어김없이 오는 법이다. 1월의 얼어붙은 눈더미는 변함없이 거리의 골목마다 금강석처럼 놓여 있었다. 손풍금은 변함없이 12월의 흥청대는 가락 속에 여느 때나 다름없이 〈그리운 여름철에는〉을 연주하고 있었다. 사람들은 부활절에 입을 옷을 마련하기 위해서 1개월 뒤에 지불할 연수표를 떼기 시작했다. 관리인은 스팀의 꼭지를 틀어막았다. 이러한 일들이 생기고 있었지만 거리는 아직도 겨울 속에 놓여 있다는 것을 누구나 다 아는 노릇이었다.

어느 날 오후에 세러는 '난방 완비, 지극히 청결함, 제반 시설 완비, 일차 내방을 바람'이라고 되어 있는 현관 위쪽 방에서 부들부들 떨고 있었다. 쉬렌버그 식당의 메뉴 카드를 찍는 일 이외에 그녀는 아무것도 할 일이 없었다. 그녀는 삐그덕거리는 버드나무 흔들의자에 앉아서 창밖을 내다보았다. 벽에 걸린 달력은 이렇게 그녀를 향해서 계속 외치고 있었다.

(봄이에요, 세러 씨! 봄이 왔어요. 세러 씨, 저를 보세요. 나의 숫자를 아시겠지요? 당신도 멋진 모습을 하고 있군요, 세러 씨. 아주 멋진 봄의 모습이군요. 그런데 왜 그렇게도 슬프게 바깥만 내다보고 있지요?)

세러의 방은 집 뒤쪽에 있었다. 그 방의 창을 통해서 골목을 사이에 두고는 지기(紙器) 공장의 창이 없는 벽 돌담 뒷면이 보였다. 하나 그 벽은 지극히 투명한 수정과도 같았다. 세러의 눈에는 벗나무며 느티나무가 녹음 지고, 딸기며 들장미가 푸르게 덩굴진 오솔길인 양 연상되는 것이었다.

봄의 참다운 전조(前兆)는 눈으로 보고 귀로 듣기에는 너무나도 지나치게 미묘한 것이었다. 사람에 따라서는 꽃의 크로커스와 숲에 가득히 흩어진 산딸기, 파랑새가 지저귀는 소리, 또한 식탁에서 물러가야 할 메밀, 굴이 자취를 감추는 것처럼 봄이 찾아왔다는 것을 전하는 뚜렷한 예보를 알아차리지 못하고서는 그 둔감한 가슴 속에 녹의(綠衣)의 귀부인을 맞을 수 없는 사람도 있는 법이다. 그러나 대지가 뽑은 가장 뛰어난 사람들에게는 우물쭈물하고 있으면 신랑으로 맞이해 주겠다고 하는 달콤하고 기쁜 소식이 방금 대지에 당도한 신부로부터 즉각 전해져 오는 것이다.

지난 여름에 세러는 시골에 가서 한 농부와 사랑을 했다(이야기를 쓸 때는 이런 식으로 거슬러 올라가지 말도록 할 것. 이런 졸렬한 수법으로는 흥미가 없어진다. 오로지 앞으로 앞으로 이야기를 진행시킬 것). 세러는 서니브룩 농장에서 2주일 동안 체재했다. 그곳에서 그녀는 늙은 농부인 프랭크린의 아들 월터를 사랑한다는 것을 깨달았다. 농부라고 하는 것은 사랑을 받고 장가를 들고 일터로 나가는데 2주일 이상 걸리는 경우는 없다. 그러나 월터 프랭크린 청년은 근대적인 농부였다. 외양간에는 전화가 가설되어 있고 내년에는 캐나다 종자의 밀 수확이 달이 없는 그믐밤에 심은 감자에게 어떤 영향을 끼치는가에 대해 정확한 계산이 가능했다.

월터가 세러에게 구혼을 하고, 그것을 약속받은 것은 나무 그늘이 지고 딸기가 달려 있는 오솔길에서였다. 둘이는 함께 앉아서 그녀의 머리에 장식할 민들레 화관을 짰다. 그는 그녀의 갈색 머리에 그 노란색 꽃이 얼마나 멋들어지게 빛날 것인가를 입에 침이 마르도록 칭찬했던 것이다. 화관을 머리에 꽂은 채 맥고모자를 두 손으로 흔들면서 그녀는 집으로 돌아왔다.

둘이는 봄이 되면—봄의 첫 소식이 나타나면 결혼하자고 월터는 말했다. 그래서 세러는 거리로 돌아와서 타자기를 두드리고 있었다.

　문을 노크하는 소리가 세러의 행복한 날의 꿈을 쫓아 버리고 말았다. 급사가 쉬렌버그 노인의 모가 진 글씨체로 된 연필로 휘갈겨 쓴 내일의 식당 전단표를 가지고 온 것이다.

　세러는 의자에 앉아 타자기를 마주하고는 롤러 사이에 한 장의 카드를 끼웠다. 일은 진도가 빠른 편이었다. 대체로 한 시간 반에 21장의 메뉴 카드가 정연하게 만들어졌다.

　오늘은 여느때보다도 식단표에 변경이 많았다. 수프는 한층 가벼운 것이 되었고, 돼지고기가 접시에서 들어가고 그 대신 러시아 양파가 든 구운 고기가 모습을 나타냈다. 아름다운 봄의 느낌이 메뉴 전체에 감돌고 있었다. 얼만 전까지만 해도 새싹이 돋아나던 언덕 비탈에서 뛰놀던 어린 양이 이제는 그 도약을 기념하는 소스가 뿌려진 채 메뉴에 올랐다. 굴의 노래(굴요리)는 아직 그친 것은 아니지만 디미누엔드 콘 아모레(음악 용어로서 '애정을 가지고 점점 약하게')의 상태였다(굴 요리는 아직 만들고 있으나 훨씬 적어졌다고 하는 뜻). 프라이팬은 고기를 굽는 기계 뒤에 얹혀 있어서 이제는 필요 없게 된 것 같았다. 파이로 된 품목이 늘어 기름기 짙은 푸딩 종류는 자취를 감추었고, 소시지는 메밀과 고구마 요리와 더불어 시들어 가는 꽃처럼 간신히

명맥만 유지할 따름이었다.

세러의 손가락은 여름철 냇가 위에 무리지는 곤충처럼 뛰놀았다. 일일이 각 품목을 길이에 따라서 적당한 위치에 정확한 눈어림으로써 모든 과정을 타자했다.

디저트 순서 바로 위에는 야채 요리의 품목이 찍혔다. 당근과 완두콩, 아스파라가스 온토스트, 다년생 토마토와 새코텃쉬(푸른 옥수수 열매와 강낭콩, 돼지고기를 함께 볶은 콩 요리로 북아메리카 원주민에게서 유래된 요리), 리마콩, 양배추 등등의 순서였다.

세러는 식단표를 바라보며 울고 있었다. 무언지 모를 신성한 절망의 밑바닥으로부터 눈물이 가슴으로 치솟아서 눈에 괴었다. 머리를 툭하고 자그마한 타자기 대 위에 내려 숙였다. 타자기 키는 그녀의 흐느낌으로 달그락달그락하고 가벼운 소리를 내며 반주를 맞추었다.

2주일이 지났다고 하는데도 월터로부터는 편지를 받지 못했다. 식단표의 다음 품목은 민들레였다—계란 요리에 달린 민들레—계란 따위는 귀찮다!—민들레, 그 황금색의 화관으로, 사랑의 여왕, 미래의 신부로서 그녀의 머리 위에다 월터가 장식해 주었던 것—가장 즐거웠던 날의 추억의 실마리이다.

숙녀들이여, 그대들이 이러한 시련을 겪기까지는 비웃지 않는 게 좋을 것이다. 당신이 퍼시(여성 독자의 애인의 이름을 작자가 만들어 예시한 것임)에게 마음을 바쳤던 밤에 그가 갖다 준 마샬 닐 종(種)의 장미꽃이 쉬렌버그 씨의 식당 정식에 프렌치 소스를 친 샐러드가 되어 당신 앞에 놓이게 되었다면 어찌할 것인가. 줄리엣(셰익스피어의 비극 ≪로미오와 줄리엣≫의 여주인공)이 자기의 사랑의 표시가 이런 식으로 상처입은 것을 보았다면 보다 일찍 그 호인(好人)인 약제사(≪로미오와 줄리엣≫에 등장하는 로렌스 신부)로부터 물망초를 구했을 것이다.

그러나 봄은 무엇이라고 하는 마술사이랴! 돌과 쇠붙이의 거대하고 싸늘한 도시 속으로도 봄의 편지는 전해지지 않으면 안 되는 것이다. 그 편지를 전해 주는 사자(使者)는 초라한 녹색 옷을 걸친 조심스러운 자태를 한, 그 작고도 인내력이 강한 들가의 특사(特使)를 외면해서는 안 된다. 당 드 리옹(사자의 이빨을 의미하는 프랑스어로서 민들레이다. 영어도 이 말에서 생겼다)— 프랑스 요리사가 말하는 이 사자의 이빨이야말로 어김없는 무사이다. 꽃이 핀다면 아름다운 사람의 갈색 머리를 장식해 줄 화관이 되어 사랑의 말을 거들어 주고, 꽃 피기 전의 어린 싹일 때는 볶음 요리 냄비 속에 들어가 봄의 여신의 말씀을 전해 주는 것이다.

이윽고 세러는 눈물을 거두었다. 식단표의 카드를 찍지 않으면 안 된다. 그러나 다시 잠깐 동안 민들레 꿈의 짙은 황금빛 번뜩임에 젖어서 그녀는 멍하니 타자기의 키를 가지고 노닐고 있었다. 그녀의 생각은 모두가 젊은 농부와 더불어 목장의 오솔길에 머물고 있었기 때문이다. 그러나 그것도 잠깐이고 그녀의 마음은 맨해튼의 돌을 깐 작은 길로 재빨리 되돌아왔다. 그리고 타자기는 동맹파업을 진압시키는 자동차처럼 덜컥덜컥하고 튀어오르기 시작하는 것이다.

6시에 급사가 저녁 식사를 날라다 주고는 타자를 친 식단표를 가지고 갔다. 그녀는 식사를 하면서 세러는 꼭대기에다 계란을 얹은 민들레 요리를 한숨을 지으며 옆으로 밀어 놓았다. 이 검은 덩어리가 사랑이 보장된 밝은 색의 꽃으로부터 굴욕적인 야채로 변모당한 것처럼 그녀의 여름의 희망도 시들어 쭈그러들고야 말았다.

세익스피어가 말했듯이 사랑은 내 몸을 먹이로 만드는 것인지도 모른다. 그러나 세러는 그녀 마음속의 참다운 애정의 향연을 지난 날 아름답게 장식해 주었던 민들레를 도저히 먹을 생각이 없었다.

7시 반에 이웃 방의 부부가 싸움을 시작했다. 위쪽 윗방의 남자는 플루트로 '가' 음을 내려고 애쓰고 있었다. 가스가 나오는 상태가 약간 나빠졌다. 석탄 운반차 세 대가 석탄을 부리기 시작했다—그 소리만은 축음기도 부러워할 만한 정도였다. 뒤란 담장 위의 고양이들은 러시아 병사들이 봉천(奉天: 만주의 한 도시)에서 후퇴하는 것처럼 느릿느릿하게 후퇴했다. 이런 상황에 의해서 세러는 독서할 시간이라는 것을 알았다. 그녀는 그 달에 가장 판매 성적이 나쁜 ≪수도원과 노변(爐邊)≫(영국의 19세기 소설가 찰즈 리드의 역사 소설로서 휴머니스트 학자인 에라스무스의 아버지가 주인공이다)을 끄집어 내고 트렁크에다 두 다리를 얹고는 제라드(동 소설의 주인공의 이름)와 더불어 방황을 하기 시작했다.

현관의 초인종이 울렸다. 집 주인 아주머니가 나갔다. 세러는 제라드와 데니스가 곰에게 쫓겨서 나무에 기어오른 대목에서 읽던 것을 멈추고 귀를 기울였다. 어김없이 누구이든 간에 그녀와 똑같이 하리라!

그러나 아래층 현관에서 굵직한 소리가 들렸다. 세러는 마룻바닥에다 책을 내던지고는 제1회전은 쉽사리 곰에게 승리를 맡겨 두고 문 쪽으로 달려갔다.

당신의 추측대로 척 들어맞았다. 그녀가 계단 꼭대기 쪽에 당도했을 때 그녀의 농부는 세 계단씩을 껑충껑충 뛰어오르자 한 알의 이삭도 남김없이 그녀는 곡식 창고에 처넣고 말았다.

"어째서 편지하지 않았어요……네? 어째서요?"
하고 세러는 소리쳤다.

"뉴욕은 정말 큰 도시로구먼."
하고 월트 프랭크린은 말했다.

"당신의 먼젓번 주소로 1주일 전에 찾아갔었지. 그랬

더니 당신이 목요일에 이사했다는 것을 알았어. 그래서
약간 안심했지⋯⋯재수 없는 금요일이 아니었으니까 말
이지. 그렇지만 순경에게 묻기도 하고 또 그 밖에 여러
가지로 손을 쓰면서 줄곧 당신을 찾아다녔던 거야!"
　"나 편지 띄웠어요!"
하고 세러는 거센 말투로 말했다.
　"받지 못한걸!"
　"그럼 어떻게 내 주소를 알아냈지요?"
　젊은 농부는 미소를 띠었다.
　"오늘 저녁 때 우연히 이웃에 있는 대중식당에 들어
갔지."
하고 그는 말했다.
　"누가 알건 상관이 없지만, 해마다 이맘 때가 되면 무
언가 푸른 야채 요리가 먹고 싶어지지. 그래서 뭐 그런
게 없는가 해서 예쁘장하게 타자를 친 식단표를 바라보
았어. 양배추의 아래쪽까지 훑어보았을 때 나는 의자를
홱 뒤집으면서 큰 소리로 가게 주인을 불렀어. 주인이
당신의 주소를 가르쳐 주더군."
　"생각이 나요."
하고 세러는 기쁜 듯이 한숨을 내쉬었다.
　"양배추 밑에는 민들레예요."
　"이 세상 어딜 가든지 당신의 타자기가 행간의 훨씬
위쪽에다 그 구부러진 대문자 W자를 치는 것을 가려낼

수가 있어."

"그렇지만 민들레(dandelion)에는 W자가 없어요."
하고 세러는 깜짝 놀라며 말했다.

젊은이는 호주머니에서 식단표를 꺼내서 하나의 행간
을 가르켰다.

세러는 그것을 그날 오후에 타자를 친 최초의 카드라
는 것을 알았으나 눈물이 한 방울 떨어진 오른쪽 위 모
퉁이에는 아직도 그 자국이 남아 있었다. 그러나 그 목
장의 풀 이름이 씌어 있어야만 할 곳에는 두 사람의 황
금빛 꽃의 잊을 수 없는 추억이 그녀의 손가락으로 하
여금 다른 키를 두드리게 했다. 붉은 양배추와 소금에
절인 풋고추 요리 사이에는 다음 품목이 있었다.

'삶은 계란에 딸린 사랑하는 월터'

—Spring á la Carte

나팔이 울리는 소리

이 이야기의 반은 경찰의 기록에서, 그리고 나머지 반은 신문사 업무부가 소관하는 것이다.

억만장자인 노크로스가 자기 아파트에서 살해되어 있는 것을 발견한 지 2주일 후 어느 날 오후의 일이었다. 바로 그 범인이 태연하게 브로드웨이를 거닐고 있을 무렵, 때마침 바니 우즈 형사와 마주치게 된 것이었다

"자네, 조니 캐넌이 아닌가?"

하고 우즈가 물었다. 그는 근래 5년 동안 근시가 되었다.

"바로 그래."

하고 캐넌은 위세 있게 대답했다.

"자네는 틀림없이 센트 조에 사는 바니 우즈가 아닌가? 자네는 동부에서 무엇을 하고 있나? 위조 지폐가 이런 데까지 나돌고 있다 그런 말인가?"

"나는 몇 해 전부터 이곳에 와 있지."

하고 우즈는 말했다.

"시경(市警)에 근무하고 있어."

“허, 놀랐는데.”

하고 캐넌은 반가운 듯 미소지으며 형사의 팔을 가볍게 두드리면서 말했다.

“매러 주점에 들어가세.”

하고 우즈는 말했다.

“어디 조용한 자리를 잡아보세. 자네하고 좀 이야기할 게 있다네.”

4시가 되기 몇 분 전이었다. 아직 손님이 들끓는 시간이 아니었기 때문에 그들은 주점에서 조용한 구석 자리를 차지할 수 있었다. 외모가 멋들어지고 자신만만한 캐넌은 작은 몸매의 형사와 마주 자리잡고 앉았다. 형사는 엷은 갈색 콧수염에 사팔뜨기였으며 체비오트 천으로 만든 기성복을 입고 있었다.

“자네는 요즘 무슨 일을 하고 지내나?”

하고 우즈는 물었다.

“자네는 틀림없이 나보다 1년 전에 센트 조에서 떠나갔지.”

“광산 주식 매매를 하고 있다네.”

하고 캐넌은 말했다.

“이 거리에 사무실을 차릴지도 모르네. 젠장 옛날의 바니가 이제 뉴욕의 형사라니. 그렇지만 자네는 옛날부터 그런 일을 했겠지. 내가 센트 조를 떠난 다음 자네는 센트 조에서 경찰에 다녔지?”

"6개월쯤이야."

하고 우즈는 말했다.

"그런데 조니, 또 한 가지 묻고 싶은 게 있는데 말야. 나는 말이지 새러트거의 호텔에서 자네가 사건을 저지른 뒤로 자세히 자네 기록을 뒤져 보았네, 전에는 자네가 권총을 쏜 것을 나는 모르겠어. 그런데 왜 노크로스를 죽였나?"

캐넌은 잠깐 동안 주의를 집중시켜 하이볼 속에 들어 있는 레몬 조각을 바라보았다. 그러고는 느닷없이 얼굴을 일그러뜨리며 밝은 미소를 짓고 형사를 쳐다보았다.

"어떻게 그걸 발견했지, 바니?"

하고 그는 대단한 녀석이라는 식으로 말했다.

"그 일만은 양파 껍질을 벗긴 것처럼 깨끗이 해치웠다고 여겼는데 말이야. 어디 끄나풀 하나도 걸릴 게 없이 했는데 말이지."

우즈는 식탁 위에 시계 장식에 사용하는 작은 금으로 만든 연필을 놓았다.

"이건 센트 조에서 자네와 지낸 마지막 크리스마스 때 내가 자네에게 선물한 것이었지. 나는 아직도 자네가 준 면도용 컵을 가지고 있어. 이건 말이지 노크로스의 방에 깔린 카펫의 구석에서 발견했어. 조니, 변명은 마라. 이건 틀림없이 네것이야. 우리는 옛 친구지만 나는 의무를 완수해야만 해. 노크로스 사건으로 자네는 전기 의자를 피할 수가 없을 게야."

캐넌은 웃었다.

"나는 재수가 좋아."

하고 그는 말했다.

"옛 친구 바니가 나를 뒤쫓으리라고는 아무도 생각지 않겠지."

하며 그는 한 손을 윗도리 속으로 밀어 넣었다. 그러나 다음 순간 우즈는 상대방 옆구리에다 권총을 들이댔다.

"그건 걷어치워."

하고 캐넌은 콧등에 주름을 지으며 말했다.

"잠깐 조사해 봤을 뿐이야. 아핫핫하……. 양복점에는 아홉 명이 남자 양복 한 벌을 만들지만 일을 해치우는데는 혼자서도 넉넉해. 이 조끼 주머니에는 구멍이 뚫려 있어. 서로 맞잡을 경우를 생각해서 나는 일부러 그 연필을 시계줄에서 떼어 가지고 조끼 주머니에 넣어 두었다네. 권총을 치워, 바니. 그래야만 노크로스를 어째서 살해했는지 자조치종을 들려 줄 테니까. 그 밥통 영감쟁이가 내 등판을 향해서 그 보잘것없는 작은 권총을 꽝꽝 쏘아대면서 나를 현관 홀까지 뒤쫓아왔기 때문에 그걸 중지시키지 않을 수가 없었지. 할멈 쪽은 기특한 편이었어. 침대에 들어박힌 채 1만 2천 달러짜리 다이아몬드 목걸이를 가져가는 데에도 울음소리 한 번 내지 않고 보고 있었지. 그런 주제에 3달러짜리밖에 안 되는 석류석이 박힌 보잘것없는 금반지만은 돌려달라고 거지처럼 구걸하더군. 그 마누라쟁이는 재산 때문에 노크로스하고 결혼한 게 틀림없어. 그렇지만 여자라는 것은 사라진 남자한테서 받은 자질구레한 것 따위는 집착하지 않는 법이 아닌가. 반지 6개, 브로치 2개, 허리장식용 시계 1개, 도합 1만 5천 달러어치야."

"닥치지 못해!"

하고 우즈는 말했다.

"아냐 걱정할 것 없어."

하고 캐넌은 말했다.

"물건은 호텔의 내 트렁크 속에 들어 있으니까. 그런데 내가 왜 그런 짓을 했는지 그 이유를 밝혀 주겠네. 즉, 들려줘도 무방하니까. 여하간 상대방은 아는 사람이야. 이봐, 바니 우즈, 자네는 나한테 1천 달러의 빚이 있을 테지. 나를 체포하고 싶어도 첫째로 자네 손이 그런 것을 듣지 않을 게야."

"잊지는 않았어."

하고 우즈는 말했다.

"자네는 잠자코 50달러짜리 지폐 20장을 세어서 나에게 주었지. 언젠가는 갚아 줄 거야. 그 1천 달러로 나는 도움이 되었어. 사실 내가 집에 가보니 그놈들은 내 가재도구를 끄집어내서 길바닥에 쌓고 있었지."

"그러니 말이야."

하고 캐넌은 말을 이었다.

"자네가 틀림없이 바니 우즈이고 어디까지나 성실하며 신사답게 승부를 하지 않으면 안 된다면, 은혜를 베푼 인간을 체포하기 위해 손가락 하나라도 놀릴 수는 없을 테지. 암 그렇지, 인간 연구도 하지 않으면 안 돼. 이봐 잠깐 잠자코 있어, 급사를 부를 테니까. 나는 요 1,2년 동안 술을 끊었었지. 약간 괴로웠어. 가령 나를 체포한다손치더라도 운수 좋은 형사일지라도 옛 친구와 술과 명예를 함께 나누지 않을 수는 없어. 그러나 나는 영업 중에는 한 방울도 마시지 않았어. 한탕 끝내고 난 지금이라면 아무 주저없이 옛 친구 바니와 한 잔 마실 수 있지. 자네 뭘 마시겠어?"

급사가 작은 병과 사이폰을 갖다 놓고 곧 사라졌다.

"자네가 이겼네."

우즈는 진지한 표정을 지으며 검지손가락으로 작은 그 연필을 뒹굴리면서 말했다.

"나는 자네를 놓아주지 않으면 안 돼. 자네를 체포할 수가 없어. 그 돈을 갚았더라면 몰라도……그렇지만 갚지를 못했어. 그걸로 끝장이 났어. 바보짓을 했군. 허지만 갚아 줄 수가 없어. 자네는 한 번 나를 도와 주었어. 지금 그 보답이 요구되고 있으니 말이지."

"그게 당연한 일이고말고."

하고 캐넌은 만면에 미소를 띠고는 술잔을 쳐들었다.

"나는 사람을 보는 안목이 있지. 자, 바니 군에게 건 배다……'좋은 놈을 사랑해라'이기 때문이야."

"암, 그렇고말고."

우즈는 생각한 것을 입 밖에 내서 말하듯이 냉정한 말투로 이었다.

"자네하고 대차관계가 없다면야 온 뉴욕의 은행이 가진 돈을 전부 가져온다손치더라도 오늘 밤에 자네를 놓아주지는 않지."

"그야 불가능하지."

하고 캐넌은 말했다.

"그러니까 자네나 나는 안전하달 수밖에."

"대부분의 인간은 말이지……."

하며 형사는 말을 이었다.

"내 직업을 백안시하고 있어. 이 직업을 예술이나 고상한 직업으로는 취급하지 않는다 그 말이야. 그렇지만 나는 이 직업에 대해 줄곧 바보 같은 자랑을 갖고 있어. 그 결과가 지금 이렇게 허사가 되어 버리고 말았어. 따지고 본다면 나는 우선 인간이야, 그리고 다음에 형사지. 나는 자네를 놓아 주지 않으면 안 돼. 그 다음에는 경찰을 그만두지 않으면 안 되고. 속달우편차의 운전수 정도는 가능할 테지. 허지만, 조니, 그렇게 된다면 자네한테 갚을 1천 달러는 더욱더 가망이 없어지겠군."

"아니 그런 것은 염려할 필요 없어."

하고 캐넌은 말했다.

"빚이라면 없는 것으로 해두어도 좋지만, 자네 쪽에서 싫다고 할 게 뻔하지. 자네가 그 돈을 꾼 것이 내게는 행운의 날이 됐다고 할 수 있어. 자 이 이야기는 이쯤 해두지. 나는 내일 아침 기차 편으로 서부로 간다네. 그쪽에 가야지만 노크로스의 귀금속을 처분할 장소를 알고 있어. 자, 마시게 마셔, 바니. 그리고 피로를 잊게. 경찰들이 그 사건으로 머리를 쥐어 짜고 있는 동안에 우리는 한껏 기분을 내보세. 나는 오늘 밤은 사하라 사막처럼 목구멍이 말라 있어. 허지만 나는 지금 잡혀 있군 그래…… 형사 바니한테가 아니고 내 옛 친구 바니의 손에 말이지. 그러니까 짜보(경찰의 별명) 노릇 따위는 꿈도 꾸지 않을지."

이런 동안에 캐넌의 민첩한 손가락은 끊임없이 초인종 단추를 눌러서 급사를 계속 심부름시켰기 때문에 그의 약점—터무니없는 허영심과 오만한 자존심이 뭉클뭉클 일기 시작했다. 그가 재치있게 해낸 절도 행각이다. 교묘한 수법과 파렴치하기 이를 데 없는 범죄 따위를 차례차례 불기 시작해서 끝내는 이미 악인이 되고 있던 우즈도 지난날에는 자기의 은인이었던 이 극악한 자에 대해서 등줄기가 오싹해지는 혐오감이 몸속에서 일기 시작하는 것을 느꼈다.

"물론 나는 자네에게 당했지만 말이지……."

우즈는 드디어 이렇게 말했다.

"너는 잠시 몸을 숨기는 게 좋아. 신문에서 이 노크로스 사건을 취급할지도 몰라. 어쨌든 이번 여름은 이 도시에서 강도나 살인이 유행하고 있으니까."

이 말에 캐넌은 거센 노여움과 복수심에 불탔다.

"신문 따위는 형편없어."

하고 그는 외쳤다.

"터무니없는 활자로 왁자하게 떠들어대고 뇌물이나 받아먹는 것 말고 하는 짓이 뭐야? 가령 그 사건을 취급한다고 해도 그게 어쨌단 말이야. 경찰 역시 애매한 존재야. 신문 따위가 무얼한다는 게야? 놈들은 얼빠진 기자를 몇 놈 현장에 보내지. 그 자들은 곧 근처 술집으로 발을 돌려서 맥주 몇 잔을 마시지. 마시면서 바텐을 보는 우두머리 아가씨에게 이브닝 드레스를 입히고는 사진을 찍지. 그 아가씨를 아파트 10층에 사는 젊은이의 약혼자라 부르며 신문에다 싣는 거야. 그 남자가 살인 사건 당일 밤에 무슨 소리를 들었다는 듯이 써버리는 거야. 강도를 뒤쫓는다는 정도가 고작일 따름이야."

"하긴 나는 모르겠어."

하고 우즈는 생각에 잠기는 투로 말했다.

"개중에는 그런 일로 훌륭하게 일을 해낸 신문도 있어. 이를테면 〈모닝 머즈〉지 같은 것이지. 두세 가지 실

마리를 파헤쳐서 경찰이 포기해 버린 다음에 범인을 잡
아낸 것이지."
　"그럼 보여주지."
하고 캐넌은 일어서서 가슴을 쫙 펴며 말했다.
　"내가 신문이라는 것을, 특히 〈모닝 머즈〉지를 어떻
게 생각하는지 보여주지."
　그들의 식탁에서 3피트 떨어진 곳에 전화실이 있었
다. 캐넌은 전화실에 들어가자 문을 열어 놓은 채 전화
앞에 걸터 앉았다. 전화번호부에서 번호를 찾아내자 수
화기를 집어들고는 교환을 불렀다. 우즈는 의자에 앉은
채 송화기에 바짝 달라붙은 듯 기다리며 냉소를 띠고
잔인하고 빈틈없는 캐넌의 얼굴을 바라다보며 가벼운
냉소로 일그러진 얄팍하고 흉악한 입술에서 흘러나오는
말에 귀를 기울였다.
　"〈모닝 머즈〉 신문이오?…… 주필하고 이야기가 있는
데……뭐라구? 나는 노크로스 살인 사건에 대해 말하려
는 사람이라고 하시오. 당신이 주필이오? 그렇담 좋소.
실은 내가 노크로스 영감을 살해한 범인인데…… 자 기
다리시지! 전화를 끊지 마라. 나는 얼간이가 아니야.
아니 위험한 것은 조금도 없어. 방금 나는 그 사건 때
문에 친구인 형사하고 그 이야기를 했어. 내일이면 2주
일째가 되지만, 새벽 2시 30분에 나는 그 늙은이를 죽
였지. 뭐 자네하고 한잔 같이 마시지 않겠냐구? 그런

것은 자네 신문사의 만화가한테 해주는 게 어때? 내가
자네를 놀리고 있는지 아니면 자네가 있는 곳의 걸레
같은 재미도 없는 신문이 터무니없이 특종을 얻고 있는
지 자네는 분간이 가지 않는다는 말인가? 음, 그렇지.
불완전한 특종이지만 말이야……이름과 주소를 전화로
말해 달라니 그건 좀 지나친 욕심이 아닐까? 왜냐구?
자네가 있는 것은 경찰도 손을 들고 마는 미궁에 빠진
사건을 해결하는 게 전문이라고 들었으니까…… 아니
그것뿐이 아니지. 말해 두겠지만 자네네 신문 같은 형
편 없는 거짓말쟁이 삼류 신문이란 눈먼 푸들과 똑같아
서 머리가 뛰어난 살인범이나 강도를 뒤쫓아 보았댔자
아무 소용 없다구. 뭐라구?……그렇지 않아. 경쟁하는
신문사 편집국장 따위가 아니라구. 틀림없는 정보야.
노크로스 사건은 내가 저질렀어. 보석은 트렁크에 넣어
서……이름을 알 수 없는……호텔에다 두었지……이봐,
지금 말 알겠어? 알았을 테지. 자네들이 곧잘 쓰지 않
나 말이야. 자네들이 있는 곳에서 권리다, 정의다, 참다
운 정치다 뭐다 떠들어대는 거대하고 전능한 기관이 정
체 불명의 살인범에게 직접 전화로 호출당해서 무능하
고 허풍이나 떠는 거짓말쟁이 또는 형편 없는 똘만이
소리를 들으니 자네는 당황하고 있는 건가? 아냐, 그런
짓은 하지 않는 게 좋아. 자네 역시 그렇게 바보는 아
닐 테니까……자네는 내가 거짓말쟁이라고 생각하고 있

다는 말이지. 그런 정도는 말투만 가지고서도 알 수가 있는 법이야……이봐, 들어보라구, 그 사건을 증명하는 정보를 은밀히 가르쳐 줄 테니까. 물론 자네는 형편없는 애숭이 기자들을 내세워서 이 살인 사건을 조사하고 있을 게 틀림없어. 노크로스 마누라의 잠옷 두번째 단추가 반쯤 깨어져 있지? 나는 그 여편네 손에서 석류빛 반지를 뺐을 때 그것을 알았다구. 루비로 알았지만 말이야. 아니 그까짓것 따위는 걷어치워! 그 따위 짓은 해야 헛수고니까."

캐넌은 악마적인 미소를 띠고는 우즈를 바라보았다.

"그 녀석이 달려들었어, 내 이야기를 믿고 있다고. 송화기에다 완전히 손을 가리고 누군가에게 딴 전화로 전화국을 불러서 이쪽 번호를 알아내라고 말했어. 하나만 더 놀려 주고 나서 도망치기로 하지. 이봐, 이봐, 음 아직 여기 있어. 그 따위 형편 무인지경이며 편의주의적으로 사기나 치는 신문 때문에 내가 도망치리라고 여기지는 않았을 테지? 나를 48시간 이내로 잡아내고 말겠다고? 이보라고, 웃기지 마라. 어르신네들 세계의 일에는 입으로만 지껄이지 말고 이혼 사건이나 전차 사고나 뒤쫓든지 그렇지 않으면 자네 있는 곳의 밥벌이감이 되는 독직사건의 추문을 들추는데 최선을 다하도록 하는 게 좋아. 그럼 안녕……자네를 찾아갈 여가가 없어서 안 됐네. 자네들이 있는 곳의 얼간이들 구석에 끼여 있다면 더이상 안전한 데는 없을 테지만 말야. 잘들 해보라 그거야."

"그놈은 쥐를 해치운 고양이처럼 으르렁거리는군."
하고 캐넌은 수화기를 걸고 나오며 말을 했다.

"그러면 바니, 극장이라도 잠잘 시간이 될 때까지 가기로 하세. 나는 네 시간은 자야 충분해. 그러고는 서부행 기차를 타지."

둘이는 브로드웨이의 어떤 레스토랑에 가서 식사를 했다. 캐넌은 혼자서 기쁨에 젖어 있었다. 그는 소설 속의 왕자처럼 돈을 썼다. 그러고는 기묘하고도 화려한 희가극을 보았다. 구경이 끝나자 고급 음식점에서 뒤늦은 저녁 식사를 하고 샴페인을 터뜨리며 캐넌은 득의만만했다.

새벽 3시 반에 그들은 밤새도록 영업을 하는 카페 구석 자리에서 지냈다. 캐넌은 여전히 얼빠진 이야기를 했고, 우즈는 법의 보호자로서는 이것이 드디어 마지막이라고 생각하며 기가 죽고 있었다.

그러나 그런 생각에 골똘히 잠기는 동안 그의 눈에는 어떤 생각이 번뜩였다.

(가능할까?)
하고 그는 혼자 중얼거렸다.

"가능할 것인가?"
그때 카페 밖에서 이른 아침의 정적을 깨뜨리는 희미

하고 정체를 알 수 없는 작은 소리의 반딧불이라도 지껄이기나 하는 듯한 외침 소리가 들렸다. 어떤 것은 차츰 커지고 또 어떤 것은 차츰 작아졌다. 그것은 우유 배달차와 이따금 지나가는 마차의 덜컥거리는 소리에 섞여서 굵어지기도 하고 가늘어지기도 했다. 가까이 대보면 귀청을 울리는 외침 소리다—이 도시에서 지금 잠자고 있는 수백만 시민이 잠에서 깨어나 그 소리를 듣는다. 갖가지 의미를 전해 주는 귀에 익은 외침 소리였다.

그 의미심장한 작은 음량은 이 세상의 슬픔과 웃음과 기쁨과 괴로움이 무겁게 얹혀진 외침 소리였다. 밤이라고 하는 덧없는 뚜껑에 보호받아 움츠리고 있는 자에게는. 싫도록 눈이 부신 낮이 찾아오는 것을 알려 주고, 행복의 꿈에 싸여 있는 자들에게는 암흑의 밤보다 더욱 어두운 속에서 밝아오는 아침을 알려 주었다. 대부분의 부자들에게는 별이 빛나던 동안에만 그들의 소유였던 것을 쓸어내 버리는 빗자루를 갖다주고, 빈자에게는 새로운 하루를 갖다주는 것이었다.

이 도시 도처에서는 외침 소리가 일고 있었다. 그것은 날카롭게 울려 퍼지는 목소리로 때(時)라고 하는 하나의 톱니바퀴가 불러일으킨 각양각색의 우연을 예고해 주고, 운명에 몸을 맡기고 잠들어 있는 자들에게는 달력의 새로운 숫자가 가져다주는 복수나 이익이나 비애.

보수나 숙명을 할당시켜 주는 것이었다. 어쩌면 외침 소리를 울리는 젊은이의 목소리가 그들의 때묻지 않은 손에 너무나도 많은 악이 있고 너무나도 선이 적다는 것을 탄식하듯이, 외침 소리는 날카롭게 외치는 것 같았다. 그리하여 구제받을 수 없는 도시의 거리거리에 흩어지는 것은 신들의 새로운 명령을 운반하는 자인 신문팔이의 외침 소리—신문팔이 나팔이 울리는 소리였다.

우즈는 급사에게 불쑥 10센트짜리 주화를 내주며 말했다.

"〈모닝 머즈〉 신문 한 부를 부탁하네."

신문이 오자 그는 1면 기사를 흘끔 보고는 자기 수첩에서 한 장을 떼어내자 그 작은 금으로 만든 연필로, 그 종이에다 무엇인가를 쓰기 시작했다.

"무슨 새소식이라도 있나?"

하고 캐넌은 하품을 하며 말했다.

우즈는 글씨를 쓴 종이 쪽지를 그의 앞에다 던졌다.

　　뉴욕 〈모닝 머즈〉 신문사 귀중

조니 캐넌의 체포 및 동인(同人)의 유죄로 하여금 본인에게 줄 상금 1천 달라를 이 조니 캐넌을 지정(指定) 수취인으로 해서 이 사람에게 지불하시오.

　　　　　　　　　　　　　　　　　　　버나드 우즈

"신문사에서는 이렇게 나오지 않을까 생각했지. 현상 금을 거는 것을 말함."

하고 우즈는 말했다.

"자네가 그들을 심하게 놀렸을 때 말이야. 자아, 조니, 함께 서(署)까지 가지."

—The Clarion Call

마지막 잎새

　워싱턴 광장 서쪽의 소구역(小區域)에서는 여러 개의 거리들이 복잡하게 얽혀진 채 플레이스라고 불리는 작은 길에서 끊겨 있다. 이 플레이스는 기묘한 각도와 곡선으로 이루어져 있기 때문에 하나의 거리가 한두 번은 서로 엇갈리게 되어 있다. 일찍이 어느 화가는 이 거리에서 한 가지 귀중한 것을 발견했다. 가령 화구(畵具)와 종이 캔버스의 대금을 받으려고 온 수금원이 이 거리에 들어서서 할부금의 1센트도 걷지 못하고 자신이 되돌아가는 것이라는 것을 발견한다면 어떨까!

　이윽고 야릇하고 고통스러운 이 그리니치 마을에는 화가들이 몰려와서 북쪽으로 트인 창문과 18세기식 박공(博栱)과 네덜란드식 다락방과 값싼 셋방을 찾아 헤매기 시작했다. 드디어 그들은 백랍으로 만든 컵 몇 개와 탁상용 풍로 한두 개를 6번가에서 사들이자, 이곳에는 '미술가의 마을'이 이루어졌다.

　벽돌 3층집 건물 꼭대기에 수와 존시는 화실을 가지고 있었다. 존시는 조안나의 애칭이었다. 한 사람은 메인 주(州) 출신이고 다른 한 사람은 캘리포니아 주 출신이었다. 둘은 8번지에 있는 식당인 〈델모니코〉에서 식사를 하다가 사귀게 되었는데, 미술이나 꽃상치 샐러드 요리나 비숍 스리브 형의 긴 소매 드레스 따위의 취향이 딱 맞기 때문에 끝내 공동의 아틀리에를 갖게 된 것이었다. 그것은 5월의 일이었으나 11월이 되자 의사가 폐렴이라고 부르는 눈에 보이지 않는 침입자가 이 미술가 마을을 배회하며, 그 얼음 같은 손가락으로 여기서 한 사람, 저기서 한 사람 하는 식으로 건드리고 가는 것이었다.

이 파괴자는 저쪽 동쪽 마을에서는 활개치고 다니면서 몇십 명이나 쓰러뜨렸는데 이 답답하고 좁은 플레이스의 미로에서는 그의 걸음도 느릿했다.

폐렴 씨는 이른바 기사도 정신이 충만한 노신사라고 할 만한 인물은 아니었다. 캘리포니아의 산들바람으로 핏기가 엷어진 작은 아가씨 따위쯤 피투성이의 주먹으로 꽉 조여서 숨소리도 거센 이 늙은 사기꾼에게 있어서는 어울리는 먹이라고는 할 수 없었다. 그런데도 그놈은 존시에게 달려든 것이었다. 존시는 몸을 움직이지도 못하고 페인트 칠한 쇠침대에 누워서 작은 네덜란드 풍의 유리창 너머로 이웃 벽돌집의 빈 바람벽을 바라볼 따름이었다.

어느 날 아침, 의사가 짙은 눈썹을 움직이며 수를 복

도로 불러냈다.

"가망이라고 말한다면……그래요, 열에 하나라고 할까……."

그는 체온계의 수은을 흔들어 내리면서 말을 이었다.

"그 가망이라는 것도 저 아가씨가 살고 싶다고 생각할 경우지. 그런데 오히려 자신이 장의사를 찾는 처지니, 약을 쓴다는 것도 어리석은 노릇이야. 당신 친구는 나을 가망이 없다고 스스로 말하고 있어. 무언가 마음에 캥기는 것은 없소?"

"저, 저애는 언젠가 나폴리 만을 그리고 싶다고 말했어요."

하고 수가 말했다.

"그림을 그리겠다?……어리석은 소리지. 무언가 자꾸 되새겨 볼 만한 가치가 있는 게 마음속에 있는지 모르겠군……이를테면 애인이라든지 말이오?"

"애인이라고요?"

수는 유태 하프의 현(弦)을 켜는 소리와 같은 목소리로 말했다.

"애인에게 그런 가치가……아녜요, 선생님, 그런 것 없어요."

"음, 그렇다면 그게 바로 저 아가씨의 약점이야."

하고 의사는 말을 이어 나갔다.

"의사로서 내가 할 수 있는 최선을 다해 보지. 그렇지

만 환자가 자기의 장례식에 오는 차의 수효나 헤아린다
고 한다면 약효가 반쯤은 줄지. 환자에게 이번 겨울 외
투 소매의 유행에 대해 묻게만 한다면 가망은 열에 하
나가 아니라 다섯에 하나라고 단언을 해도 좋소.”

의사가 돌아가자 수는 작업하는 방에 들어가서 일본
제 냅킨이 우글쭈글해질 때까지 울었다. 그러고는 화판
을 들고 재즈를 휘파람으로 불면서 존시의 병실로 들어
갔다.

존시는 담요에 잔주름 하나 생기지 않게 덮은 채 창
으로 얼굴을 돌리고 자고 있었다. 그는 그가 자고 있다
고 생각되자 휘파람을 그쳤다.

수는 화판을 버티고 잡지 소설의 삽화를 펜화로 그리
기 시작했다. 젊은 화가들은 젊은 작가들이 문학의 길
을 개척해 나가기 위해서 쓰는 잡지 소설의 삽화를 그
려서 화가의 길을 개척해 나가야만 했다.

수가 소설의 주인공인 아이다호 주의 카우보이의 모
습 위에다 마술(馬術) 경연대회에 나갈 때 입는 멋진
승마 바지와 외눈 안경을 그리고 있으려니까, 나지막한
목소리가 몇 번씩 되풀이해서 들렸다. 수는 급히 베개
맡으로 가보았다.

존시의 눈은 크게 떠 있었다. 그녀는 창 밖으로 눈을
주고 무엇인지 세고 있었다—그것도 거꾸로 세는 것이
었다.

열둘이라고 말하자 조금 사이를 두고는 열하나, 그리고는 열, 아홉 또는 거의 동시에 여덟, 일곱이라고.

수는 마음이 쓰여서 창밖을 바라다보았다. 무엇을 헤아리고 있는 것일까? 단지 그대로 드러난 살풍경한 뜰과 20피트쯤 떨어진 벽돌 건물의 아무것도 없는 바람벽이 보일 따름이었다. 뿌리께가 뒤틀린 구질구질하게 오래된 담쟁이덩굴 한 줄기가 그 벽돌 벽의 가운데쯤까지 엉겨붙어 있었다. 싸늘한 가을 바람이 잎새들을 두드려 떨어뜨려서 뼈만 앙상하게 드러난 가지가 거의 알몸이 되어 벽돌에 들러붙어 있었다.

"얘, 보고 있는 게 뭐니?"

하고 수는 물었다.

"여섯."

하고 존시는 속삭이듯이 말했다.

"떨어지는 게 빨라졌어. 3일 전에는 1백 개쯤 있었어. 세느라고 머리가 아플 정도였지. 그렇지만 이제는 수월해. 어머 또 하나가 떨어지네. 이제 나머지 다섯 개뿐이야."

"음, 다섯 개라니, 뭐가? 나한테 가르쳐 줘."

"잎새야, 담쟁이덩굴에 달려 있는 잎새 말야. 마지막 잎새가 떨어지면 나도 떠나가야만 해. 사흘 전부터 알았어. 의사 선생님이 그런 말씀 안하셨어?"

"어머, 그런 바보 같은 소리 듣기도 싫어 얘!"

하고 수는 과장되게 경멸하는 투로 말했다.

"담쟁이 덩굴의 잎새 따위가 네가 낫는 것하고 무슨 관계가 있니? 옳아, 너는 저 담쟁이를 좋아했구나. 바보, 너는 그렇지만 이제 그만둬. 선생님도 오늘 아침에 말씀하셨어, 네가 점점 좋아질 가망성은……음, 선생님이 뭐라고 하셨더라……그렇지, 하나에 열이라고! 그러면 뉴욕에서 전차를 타거나 신축 중인 건물 옆을 걸어가는 거나 똑같은 정도로 위험한 것이지. 자아 수프를 좀 마셔 봐. 그리고 수디가 그림을 계속해서 그리게 해줘. 편집자한테 그 그림을 팔아서 병석의 아기에게는 포도주를, 먹성이 좋은 나는 폭찹을 사먹을 수가 있으니까."

"이제 포도주를 사지 마."

하고 존시는 창밖을 내다보는 채로 말을 이었다.

"또 한 개 떨어지네. 아냐, 수프 같은 것 싫어. 이젠 나머지 네 개뿐이야. 어두워지기 전에 마지막 한 개가 떨어지는 것을 보고 싶어. 그러면 나도 가는 거야."

"얘, 존시!"

하고 수는 그녀의 몸 위로 자기 몸을 구부리면서 말했다.

"내가 말이지, 일을 마칠 때까지 눈을 감고 창밖을 보지 않겠다고 약속해 주지 않을래? 저 그림 내일까지 갖다 주지 않음 안 돼. 나는 광선(光線)이 필요해. 그렇지 않으면 커튼을 내리고 싶지만 말야."

"딴 방에서 그릴 수 없니?"

하고 존시는 냉랭하게 말했다.

"네 곁에 있고 싶어."

하고 수는 말했다.

"게다가 너는 저 따위 바보스런 담쟁이 잎새를 언제
까지고 보고 싶단 말이니."

"일이 끝나면 곧 알려줘."

하고 존시는 말하자 눈을 감고 창백한 얼굴로 쓰러진
조상(彫像)처럼 꼼짝도 않고 누워 있었다.

"나 마지막 잎새가 떨어지는 것을 믿고 싶어. 이제는
기다리다 지쳤어. 생각하는 것도 진력이 나. 모든 집착
을 버리고 저 불쌍한 지친 잎새 한 개처럼 훨훨 떨어져
가고 싶어."

"자도록 해봐."

하고 수는 말했다.

"아래층에서 베어먼 씨를 불러다가 세상을 등진 늙은
광부의 모델이 되어 달라고 해야 되겠어. 곧 돌아올게.
돌아올 때까지 움직이면 안 돼."

베어먼 노인은 아래층에 사는 화가였다. 예순이 지나
서 이제는 미켈란젤로가 그린 모세상(像) 같은 턱수염
이 반수신(半獸神) 같은 머리에서 작은 귀신 같은 체구
로 덥수룩하게 내리덮고 있었다.

베어먼은 예술에 있어서 낙오자였다. 40년이나 화필을 잡고도 예술신(藝術神)의 옷자락에도 살짝 닿지 못한 남자였다. 계속해서 지금도 걸작을 그리겠노라고 입버릇처럼 말하지만 끝내 한 번도 그런 경지에 이르지 못했다. 수년 동안 상업용이나 광고용의 값싼 그림을 이따금 그린 것 이외에는 아무것도 그리지 않았다. 그는 직업 모델에게 모델값을 지불할 수 없는 '미술의 마을'의 젊은 화가들의 모델 노릇을 해주며 사소한 수입을 마련하고 있었다. 그는 물 마시듯 진을 마셨으나 그래도 미래의 걸작을 내세워 말했다. 그 밖에는 성품이 거센 작은 체구의 노인으로, 누구건 나약한 것에 대해서는 심한 냉소를 퍼부었고, 위층에 사는 두 젊은 화가의 수호를 위해 스스로 문지기 노릇을 자청하고 있을 정도였다.

수가 아래층의 어두컴컴한 작은 방에 들어가 보니 베어먼은 술냄새를 짙게 풍기고 있었다. 한구석에는 흰 캔버스가 화가(畫架)에 얹혀 있었으나 그것은 그 걸작 그림이 될 최초의 일필(一筆)을 거기서 25년간이나 기다렸던 것이다. 수는 존시의 공상에 대한 것을 그에게 말해 주었다. 또한 이 세상에 대한 희미한 그녀의 집착이 한층 더 약해진다면 정말 그녀 자신이 나뭇잎처럼 가볍게 맥없이 훌훌 날아가 버릴 게 아니겠냐고 말했다.

베어먼 노인은 핏발 선 눈으로 눈물을 글썽거리며 바보스러운 공상에 대한 경멸과 조소를 퍼붓는 것이었다.

"뭐라고!"

하고 그는 외쳤다.

"원 세상에 담쟁이 잎새가 떨어진다고 해서 자기도 죽겠다는 그런 바보가 어디 있어. 그런 바보 소리는 들어본 일도 없지. 싫다구, 최고 바보의 모델 따위는 질색이야. 너도 마찬가지야. 그래 그런 바보스런 생각을 그 아가씨한테 심어주고 있었다구. 세상에, 불쌍한 욘시(베어먼의 독일 사투리의 영어이다) 같으니."

"병이 심해서 몹시 약해진 거예요."

하고 수는 말했다.

"열 때문에 머리가 묘해져서 야릇한 공상만 하고 있는 거예요. 좋아요, 베어먼 씨, 모델 노릇을 하기 싫대도 문제 없다구요. 그렇지만 영감님은 지독한 분이에요……말만 내세우는 분이에요."

"그렇담, 너도 역시 여자지."

하고 베어먼은 아우성쳤다.

"누가 모델 노릇 안해 준댔어? 자 가자구, 따라갈 테니까. 30분 전부터 모델이라면 언제고 해주겠다고 말해주려 했어. 여기는 전혀 욘시 같은 착한 아가씨가 병으로 누워 있을 곳이 아니야. 나도 언젠가는 걸작을 그린다구. 그러면 여기서 빠져나가지. 정말 그래."

위층에 올라가 보니 존시는 자고 있었다. 수는 커튼을 창밑까지 내려 치고 딴 방으로 들어가도록 베어먼에게 눈짓했다. 방에 들어가자 둘이는 창을 통해서 겁을 먹고 그 담쟁이 덩굴을 바라다보았다. 그로부터 한동안 말없이 서로 마주 바라보았다.

눈이 섞인 차가운 비가 계속 내리고 있었다. 베어먼은 헌 푸른 셔츠를 입고, 바위 대신에 큰 냄비를 엎어 놓고 걸터앉아 세상을 등진 광부의 자세를 취했다.

이튿날 아침 수가 한 시간 동안 자고 깨어나자, 존시는 생기 없는 눈을 크게 뜨고는 내려진 녹색의 커튼을 곧장 바라보고 있었다.

"커튼을 올려 줘, 보고 싶어."

하고 그녀는 속삭이는 듯한 목소리로 명했다. 아무 생각 없이 수는 명령에 따랐다.

그러자 이게 무슨 일일까! 가을의 긴 밤을 비가 후려치고 거센 바람이 불었는데도 한 잎의 담쟁이 잎은 아직도 벽돌 벽에 척 붙어 있는 것이었다. 그것이 줄기에 달린 최후의 한 잎새였다. 잎줄기 언저리는 아직도 진한 초록색을 띠고 있으나 톱니 모양의 가장자리는 누런 빛깔로 말라 있으면서도 아직도 지상 20피트 남짓한 가지에 의젓하게 매달려 있는 것이었다.

"마지막 잎새야!"

하고 존시는 말했다.

"어김없이 밤중에 떨어졌으리라고 생각했는데. 바람 소리가 났었어, 오늘은 떨어질 거야. 그러면 나도 함께 죽는 거야."

"아니 그게 무슨 소리니?"

하고 수는 여윈 얼굴을 베개맡에 가까이 대며 말했다.

"자기에 대한 것을 생각하고 싶지 않다면 나에 대한 것을 생각해. 나는 어떻게 하면 좋겠니?"

그러나 존시는 대답하지 않았다. 이 세상에서 가장 고독한 것, 그것은 신비한 먼 여행길을 떠나려고 할 때의 영혼이다. 그녀를 우정이나 대지에 묶어 놓았던 끝이 하나하나 풀어져 갈 때 그런 들뜬 공상이 점점 강하게 그녀를 감싸 버리는 것처럼 여겨졌다.

하루가 지나고 해질녘이 되었어도 그 외톨이의 담쟁이 잎새는 벽 위의 잎줄기에 달라붙어 있었다. 밤이 다가오자 다시 북풍이 불기 시작했다. 비는 창을 때리며 낮은 네덜란드풍의 차양에서 흘러내리고 있었다. 날이 새자 존시는 무정하게도 커튼을 올려 달라고 부탁했다. 담쟁이 잎새는 아직도 그곳에 있었다.

존시는 누운 채로 오래도록 줄곧 그것을 보고 있었다. 그러더니 수에게 말을 걸었다. 수는 가스 난로에서 치킨 수프를 젓고 있었다.

"수야 나 나쁜 아이였어."

하고 존시는 말했다.

"내가 얼마나 나쁜 애였는지 그것을 생각해서 알려주기 위해 무엇인가가 저 최후의 잎새를 저곳에다 남겨준 거야. 죽고 싶다는 것은 벌을 받는 말이야. 자, 수프를 좀 먹을래. 그리고 포도주를 약간 넣은 밀크도 좀 주고. 그리고……아니 우선 손거울을 갖다 줘. 그리고 베개를 두세 개 내 옆에다 놓아 줘. 일어나 앉아서 네가 요리하는 것을 보고 싶어."

한 시간 후에 존시는 말했다.

"수야 난 언젠가 나폴리 만을 그릴 것 같아."

오후에 의사가 찾아왔다. 의사가 돌아갈 때 수는 핑계를 대고 복도로 나갔다.

"오 대 오의 가망성이 있군."

하고 의사는 수의 떨리는 가느다란 손을 잡고 말했다.

"간호를 잘하면 아가씨가 이기게 될 거야. 자 또 한 사람 아래층 환자를 진찰하러 가야 해. 베어먼이라는 이름의 남자인데……아무래도 화가 같아. 그 사람도 폐렴이지. 나이는 많지, 게다가 허약하지, 또 급성이라서 가망이 없는 것 같아요. 잘 되도록 오늘 병원에 입원하기로 했지."

이튿날 의사는 수에게 말했다.

"위기는 벗어났어. 아가씨가 이긴 거야. 이제는 영양과 간호……그것밖에 없지."

그날 오후에 수는 존시의 침대에 다가왔다. 존시는

짙은 푸른색의 그다지 쓸모없을 것 같은 털실로 어깨걸이를 만족스럽게 뜨고 있었는데 수는 그녀의 어깨를 얼싸 안았다.

"저 말이지 좀 이야기할 게 있어."
하고 그녀는 말했다.

"베어먼 씨가 오늘 병원에서 폐렴으로 돌아가셨어. 단지 이틀 동안 앓았어. 맨 첫날 아침에 관리인이 아래층 그분 방에서 발견했을 때는 이미 손을 쓸 수 없을 만큼 고통이 컸대. 신발과 옷이 몽땅 젖어서 얼음 같았대. 그런 심한 밤에 어디에 갔었는지 아무도 짐작이 가지 않았대. 그런데 아직 불이 켜 있는 램프와 늘 놓아 두었던 장소에서 꺼낸 사다리와 흩어진 화필 몇 개하고 녹색과 노란색을 섞은 팔레트가 발견된 거야. 그런데……잠깐 창으로 저 벽 위에 있는 최후의 담쟁이 잎새를 봐, 바람이 불어도 흔들거리지 않고 움직이지도 않는데 이상하다는 생각이 들지 않아? 저 말이지 애, 저게 바로 베어먼 씨의 걸작이야……마지막 잎새가 떨어진 날 밤에 그분이 저것을 그린 거야."

—The Last Leaf

경찰관과 찬송가

　소피는 늘 찾아가는 메디슨 스퀘어 공원의 벤치에 앉아 불안스럽게 몸을 움직였다. 밤하늘에는 드높은 소리로 기러기가 울며 날아가며, 물개 가죽 제품의 외투를 갖지 않은 여자들이 남편에게 그것을 사달라고 아양을 떨고, 그리고 소피가 공원 벤치에서 불안스럽게 몸을 움직이고 있을 즈음이 되면 겨울이 박두했다는 것을 알 수 있다.

　낙엽 하나가 소피의 무릎에 떨어졌다. 그것은 잭 프로스트(서리를 의인화시킨 명칭)의 명함이다. 잭은 메디슨 스퀘어를 찾아드는 사람들에게 친절하며 해마다 이곳을 찾아올 때는 어김없이 예고해주는 것이다. 네거리 모퉁이에서는 청공장(靑空莊: 매디슨 스퀘어를 룸펜이 거주하는 곳으로 간주한 명칭)의 문지기인 북풍 씨(北風氏)에게 명함을 건네 준다. 그렇기 때문에 그곳 주민들은 월동준비를 하게 된다.

　드디어 다가오는 겨울에 대비해서, 자기 자신도 월동대책위원회의 한 위원이 될 결심을 하지 않으면 안 된다고 생각한 소피는 그것을 뚜렷하게 알아차렸다. 그러므로 그는 언제나 찾아가는 벤치에 차분히 눌러앉아 있을 수만은 없었다.

소피가 월동 대책으로서 품은 소망은 그다지 사치스러운 것은 아니었다. 이를테면 지중해로 기선 여행을 떠나고 싶다든가, 졸음에 잠길 남쪽 나라의 하늘 밑에서 즐기고 싶다든가 또는 베수비어스 만에서 뱃놀이를 즐기고 싶다는 둥, 그런 것들은 조금도 생각지 않았다. 섬(뉴욕의 이스트 강에 있는 섬. 블랙웰즈 섬을 가리킨다. 이곳에 교도소가 있기 때문에 여기서는 교도소를 뜻한다)에서 석달 동안 지내려는 것이 그의 염원이었다. 차가운 북풍이나 경찰관에게 걱정을 끼치지 않고도 식사와 침대와 마음에 맞는 친구가 보장되어 있는 교도소에서의 석 달이 소피에게는 최고로 바람직하게 여겨지는 것이었다.

요 몇 년 동안은 대접이 좋은 블랙웰즈 섬이 그의 겨울철 숙소였다. 해마다 겨울이 올 때면 그보다 행운을 누리는 뉴욕의 시민들이 팜 비치 해변(플로리다 주의 유명한 避寒地)이나 리비에라(지중해 제노아 만에 있는 피한지)로 가는 차표를 사는 것과 마찬가지로, 소피는 그 섬에 기어들기 위하여 소박한 준비를 하는 것이었다. 금년에도 드디어 그 시기가 온 것이다.

간밤에는 윗도리 밑과 발목 언저리와 무릎 위에다 일

요판 신문 세 장을 덮고 잤으나, 그래 가지고는 낡아빠진 공원의 분수가 있는 벤치에서 추위를 물리칠 수 없었다. 그래서 소피의 머릿속에 그 섬이 문뜩 떠오른 것이었다. 그는 이 도시의 식객들을 위해서 자선(慈善)이라는 명칭 아래 부설한 시설을 경멸하고 있었다. 소피의 의견에 따르자면 법률 쪽이 박애보다 훨씬 친절했다. 시영(市營)이나 자선단체의 시설들은 헤아릴 수 없이 많았다. 원하기만 한다면 그 덕분에 간이생활을 하기에 적절한 숙박소라든지 음식을 받아 먹을 수도 있었다. 그러나 소피처럼 자존심이 강한 사람에게는 자선이 베푸는 선물은 마음에 들지 않았다. 가령 돈을 내지 않더라도 자선사업의 혜택을 받는다면 그때마다 정신적 굴욕이라는 대가를 지불하지 않으면 안 된다. 시저에게는 부르투스(시저의 제자로서 시저를 배반한 자)가 딸려 있었듯이, 자선의 침대 신세를 지려면 목욕을 해야 한다는 부담이 따라야 했고, 한 조각의 빵을 얻어 먹으려면 사사로운 일까지 개인적인 신원 조사를 받아야 된다는 대가를 치러야만 한다. 설령 규칙에 따라서 움직인다 하더라도 법률적으로는 신사의 사사로운 일까지 부당한 간섭을 받지 않기 때문에 도리어 법률의 신세를 지는 편이 났다.

　섬으로 갈 것을 작정하자 소피는 재빠르게 그 소망을 달성하는 일에 착수했다. 그러기 위해서는 간단한 방법이 여러 가지 있었다. 가장 유쾌한 방법은 어딘가 호화스러운 레스토랑에 가서 값비싼 식사를 하는 일이다. 그러고 난 다음에 넌지시 돈이 한 푼도 없다고 딱 잡아떼고는 그 다음에 소란을 피우지 않고 얌전하게 경관에게 인도하는 일이다. 이 밖의 모든 것은 친절한 판사가 인수해 주게 될 것이다.

소피는 벤치에서 일어서서 어슬렁어슬렁 공원을 빠져나가 평평한 아스팔트 바닥을 건넜다. 그곳은 브로드웨이 5번가가 합류하는 근처였다. 그는 브로드웨이를 북쪽으로 꺾어서자 눈부신 요리집 앞에서 발을 멈추었다. 이곳은 밤이면 밤마다 비단옷을 날씬하게 차려 입은 사람들이 최고급 포도주를 마시기 위해 찾아드는 곳이다.

소피는 자신의 옷차림에 조끼 맨 아래 단추로부터 위쪽까지에는 자신이 있었다. 수염도 깎았고 윗도리도 보기 흉하지 않았다. 작은 검정 나비 넥타이는 추수 감사절에 어떤 부인으로부터 선물받은 것이었다. 이 레스토랑의 식탁에 의심받지 않고 가서 앉기만 한다면 그는 목적을 달성할 수 있는 것이다. 왜냐하면 식탁 위쪽으로 드러나는 부분의 옷차림만으로는 웨이터의 마음에 의심을 자아내게 할 만한 일이 벌어지지 않을 것이기 때문이다. 우선 오리 통구이가 적당할 것이라고 소피는 생각했다. 그러고 난 다음에는 백포도주 한 병과 캐멈벨 치즈, 식후의 커피 한 잔과 시거 한 대이다. 시거는

1달러를 주면 충분한 것이다. 값을 모두 합치더라도 요리점의 카운터에게 심한 봉변을 당할 만큼 값비싼 액수에 이르지는 않을 것이다. 더구나 그만한 정도의 식사는 그의 배를 불려 줄 것이고 행복한 기분으로 겨울 피난처로 떠나게 해 줄 것이다.

그런데 레스토랑의 문 안으로 한 발을 들어섰을 때, 웨이터장의 눈이 낡아빠진 바지와 다 떨어진 구두 위에 쏠렸다. 그러자 억센 손이 뻗치면서 그의 방향을 바꾸어서, 그는 말 한 마디 할 사이도 없이 보도 쪽으로 내몰았다. 그리하여 자칫하면 목이 달아날 뻔했던 오리의 수치스러운 운명을 구한 것이었다.

소피는 브로드웨이 거리에서 옆길로 빠졌다. 대망의 섬으로 가는 길은 식도락의 길이 아닌 것 같았다. 교도소에 들어가기 위해서는 이제 무언가 다른 방법을 찾아내지 않으면 안 된다.

6번가 모퉁이에는 전등과 판유리 저쪽으로 보기 좋게 진열된 상품들이 한층 눈에 잘 띄는 상점이 있었다. 소피는 돌 한 개를 집어서 그 유리창에 던졌다. 경찰관을 선두로 해서 수많은 사람이 길 모퉁이를 돌아서 달려왔다. 소피는 손을 호주머니에 찌른 채 꼼짝 않고 서 있었다. 그리고는 경관의 놋쇠 단추를 바라보며 싱긋 웃었다.

"이 짓을 한 놈 어디 있지?"

하고 흥분한 경관은 물었다.

"내가 뭔지 관계가 있다고 보지 않소?"

소피는 비꼬듯이, 그러나 행운을 맞이하는 사람처럼 친근한 말투로 말했다.

경관은 소피의 말에서 단서를 잡으려고조차 하지 않았다. 창을 두드려 부수는 따위의 인간이 경관과 마주 서서 이야기를 나눌 리가 없다. 그런 녀석은 재빨리 도망치는 법이다. 경관의 눈은 전차를 타기 위해 저만큼 앞으로 뛰고 있는 한 남자에게 쏠렸다. 경관은 경찰봉을 뽑아 들고는 그 사나이를 뒤쫓기 시작했다. 소피는 두 번씩이나 실패했기 때문에 속을 태우며 서서히 걷기 시작했다.

큰길 맞은편에는 그다지 호화스럽지 않은 식당이 하나 있었다. 호주머니 사정이 신통치 못한 사람이 시장기를 느꼈을 때 갈 만한 식당이었다. 식기 따위와 분위기는 아늑했지만 수프와 식탁보는 얄팍했다. 소피는 아무 제지도 받지 않고 신경이 쓰이는 구두와 신분이 드러나는 바지 차림새로 식당 안에 들어섰다. 식탁에 앉자 비프 스테이크와 커다란 핫케이크, 도너츠, 파이 등을 먹어치웠다. 그러고는 웨이터에게 자기는 땡전 한푼 없는 존재라는 사실을 고백했다.

"자, 어서 경관을 불러와!"

하고 소피는 말을 이었다.

"신사를 기다리게 해서는 안 되는 법이야."

"너 같은 놈한테는 경관 따위가 필요 없어!"

웨이터는 버터 케이크처럼 끈질긴 목소리와 맨해튼 칵테일 속에 들어 있는 버찌 같은 눈알로 소리쳤다.

"이봐, 콘, 부탁하네."

두 사람의 웨이터에 의해서 그는 매정한 길바닥에 왼쪽 귀가 깔리면서 내동댕이질을 당했다. 그는 목수가 접는 나무자를 펴듯이 관절의 한 마디 한 마디를 펻으면서 일어나 옷에 묻은 흙을 털었다. 구류를 받는 일이 장밋빛 꿈에 불과했고 섬은 아득히 먼 데 있는 것처럼 여겨졌다. 앞쪽에 있는 약국 앞에 서 있던 경관은 웃으며 지나가 버렸다.

큰길을 5블럭 정도 걸어간 다음에야 겨우 다시 체포당할 일을 저지를 용기가 생겼다. 이번에는 틀림없이 성공할 수 있는 수법이라고 생각한 일이 운수 좋게 다가온 것이다. 고상하고 말쑥한 차림새를 한 젊은 여자가 쇼윈도 앞에 선 채, 면도용 컵과 잉크스탠드 따위가 진열된 것을 재미있다는 듯이 바라보고 있었다. 그리고 그 쇼윈도 쪽에서 2야드쯤 떨어진 곳에 험상궂은 티가 나는 육중한 체구의 경관이 소화전에 기대고 서 있었다.

비열해서 침이라도 뱉어 줄 만한 치한 노릇을 해내자는 것이 소피의 계획이었다. 그에게 희생당할 상대의 여자는 고상하고도 깔끔한 모습인데다가 근처에 근무 중인 경관도 있다. 그는 이제 얼마 안 있으면 그 아늑한 좁은 섬에서 한겨울의 숙소를 보증해 줄 기분 좋은 경관의 손이 자기 팔을 움켜쥐게 되리라는 확신에 넘치게 되었다.

소피는 부인 전도사에게서 받은 나비 넥타이를 고쳐 매고, 소매 속으로 치올라가는 커프스 소매를 끄집어 당긴 다음에 모자도 멋지게 옆으로 비스듬히 눌러 쓰고는 젊은 여자 쪽으로 다가섰다. 그는 추파를 던지면서 느닷없이 기침을 한다. 어험 소리를 낸다. 빙긋빙긋 웃는다. 빙글대면서 치한이 흔히 쓰는 징글맞고도 비열한 상투 수단을 뻔뻔스럽게 해보였다. 경관이 이쪽을 보고 있다는 것을 곁눈질로 알았다. 젊은 여자는 두세 발자국 떨어지더니 다시금 면도용 컵을 열심히 바라보았다. 소피는 그녀를 따라가며 대담하게 그녀 곁에 바싹 다가가서 모자를 치켜 올리며 말했다.

"이봐 베델리아! 우리 집에 가서 함께 놀지 않겠어?"

경관은 여전히 보고 있었다. 봉변당하고 있는 이 젊은 여자가 손가락으로 간단히 신호만 해주는 날이면 소피는 섬의 피난처로 발길을 옮기게 될 것이다. 어느새 경찰서의 기분 좋고 따사로운 분위기가 느껴지는 것 같은 생각이 들었다.

젊은 여자는 소피 쪽을 향해 한 손을 뻗치더니 그의

옷소매를 잡는 것이었다.

"마이크, 가고 말고요."

하고 그녀는 기쁜 듯이 말했다.

"맥주 한 잔만 사주신다면요. 저도 먼저 말을 걸고 싶었어요. 그렇지만 경관이 보고 있잖겠어요."

소피는 떡갈나무에 얽혀 붙은 담쟁이 덩굴 같은 몰골의 젊은 여자를 데리고 우울하게 경관 곁을 지나쳐 갔다. 어떻게 하더라도 체포당할 수 없는 운명인 것 같았다.

그 다음 모퉁이 길을 돌아서자 그는 상대방 여자를 뿌리치고 도망쳐 버렸다. 밤이 되기만 하면 가장 밝은 거리가 되어 아주 들뜨는 기분 속에 손쉽게 사랑을 맹세하고 보다 명랑한 노래가 흘러나오는 곳에 이르자, 그는 발을 멈추었다. 모피로 몸을 감싼 여자들과 외투를 입은 사나이들이 겨울의 대기 속을 발랄하게 걸어가고 있었다. 소피는 느닷없이 자신이 어떤 마술에 의하여 체포 면역증에라도 걸리지 않았는가 하는 불안감에 휩싸이기 시작했다.

그렇게 생각하자 어리둥절해지고 말았다. 한 경관이 전광(電光) 장식이 눈부신 극장 앞에서 거드름을 피우며 왔다갔다하는 것을 목격하자, 그는 치안 방해라는 손쉬운 수법을 쓰기로 마음먹었다.

그는 보도에서 고함을 지르면서 주정뱅이 시늉을 시

작했다. 껑충껑충 뛰고 고함을 지르며 미친 척하는 등의 방법으로 그 주변에서 소란스럽게 굴었다.

경관은 경찰봉을 빙글빙글 돌리면서 소피를 등진 한 시민에게 말했다.

"예일 대학 학생이지요. 경기에서 하트포트 대학을 영패시켰지요. 그래서 승리를 축하하느라고 떠들어대고 있는 거예요. 조금 소란스럽기는 하지만 별로 해롭지는 않아요. 그냥 내버려두라는 상부의 지시도 받았어요."

소피는 비참한 기분으로 이롭지 못한 소란을 그치고야 말았다. 무슨 짓을 하더라도 경관은 나를 체포해 주지 않는다는 말인가? 섬에는 도저히 갈 수 없는 타향과도 같은 느낌이 들었다. 차가운 겨울 바람 때문에 그는 얇은 윗도리 단추를 채웠다.

담배 가게 앞에서 말쑥한 차림새를 한 남자가 늘어져 있는 점화기에다 시거의 불을 당기고 있는 것이 눈에 띄었다. 입구 문가에는 그 남자의 것인 듯한 비단 우산이 세워져 있었다. 소피는 잠자코 가게 안으로 들어가서 그 우산을 집어들고 서서히 걸어 나왔다. 시거에다 불을 붙이고 있던 그 남자는 당황하며 뒤쫓아 달려 나왔다.

"이봐, 내 우산이야!"
하고 그는 거칠게 말했다.

"오, 그런가?"

하고 소피는 빈정거리며 모욕까지 해주면서 상대방을 비웃었다.

"그렇다면 어째서 경관을 부르지 않지? 내가 당신의 우산을 훔쳤단 말이야. 왜 경관을 부르지 않지? 저 모퉁이에 하나 서 있잖아!"

우산 임자는 걸음을 멈췄다. 소피도 걸음을 멈추며 그 남자와 마주섰다. 다시금 운은 자기에게 등을 돌렸다는 예감이 들었다. 경관은 이상스럽다는 듯이 두 사람을 바라다보고 있었다.

"물론."

하고 우산 임자는 말했다.

"그래, 이런 착오는 흔히 있는 법이지. 그게 당신 우산이라면 용서해 주시오. 실은 오늘 아침에 어떤 레스토랑에서 주운 거예요. 당신 것이라면 용서하세요."

"물론 내것이지."

하고 소피는 심술궂게 말했다.

우산의 전주인은 물러갔다. 경관은 야회용 외투를 걸친 키가 큰 금발 부인이 있는 곳으로 달려가서 2블럭 정도 앞쪽에서 달려오는 전차 앞에서 도로를 횡단하는 것을 거들어 주었다.

소피는 도로 공사로 파헤친 길을 동쪽으로 향해 걸었다. 그는 화가 치미는 바람에 우산을 공사 중인 구멍 속에다 내팽개쳤다. 헬멧을 쓰고 경찰봉을 든 남자들에 대해 투덜대며 욕설도 했다. 이쪽에서는 아무리 체포해 주기를 갈망해도 상대방에서는 그가 무슨 짓을 저지르건 간에 죄가 되지 않는 임금님처럼 여기고 있는 것 같았다.

이윽고 소피는 거리의 불빛도 소음도 거의 없는 동쪽의 큰길 한 곳에 이르렀다. 그곳에서부터 메디슨 스퀘어 쪽으로 얼굴을 돌렸다. 귀소본능은 설령 그 집이 공원 벤치일지라도 쉽사리 사라지지 않았다.

그러나 소피는 묘하게 조용한 길 모퉁이에서 문득 발걸음을 멈춰 서지 않을 수 없었다. 그곳에는 좀 색다르게 만든 불규칙한 처마가 달린 낡은 교회 한 채가 있었다. 보라빛의 정면 유리창 너머로 희미한 불빛이 비치고 있었다. 아마도 오르간 연주자가 다음 일요일에 찬송가를 제대로 연주할 수 있도록 오르간 건반을 누르고 있는 모양이다. 소피의 귀에는 아름다운 음악 소리가 흘러들어와 그의 마음을 사로잡았다. 소피는 빙글빙글 돌려진 모양의 철책이 있는 곳에 멈춰 서고 말았다.

달은 중천에 뜬 채 환하게 밝았고 차나 보행자도 거의 없었다. 새들은 홀린 듯이 처마 밑에서 지저귀고 있었다. 잠시 동안 주위는 교회가 있는 시골 풍경을 연상시켰다. 오르간의 찬송가 연주 소리는 소피를 철책에 찰싹 달라붙어 서 있게 했다. 그의 생활 속에 어머니를 비롯해서 여러 가지 장미꽃이며 야심, 친구, 더러워지지 않는 생각, 말쑥한 칼라 같은 것들이 아직껏 존재하던 지난 시절에 흔히 들어서 잘 알고 있는 찬송가였다. 감수성이 예민해진 그의 기분과 낡은 교회의 감화력이 연결되어 갑자기 놀랄 만한 변화를 소피의 영혼에 안겨 주었다.

스스로 빠져 버린 것 같은 수렁이며 자신의 존재를 형성하고 있는 타락된 나날, 비열한 욕망, 죽음과 같은 허망한 희망, 망가져 버린 재능, 비굴한 동기 따위를 그는 몸서리치며 재빠르게 되돌아보았다.

그러자 금세 그의 마음은 이 새로운 기분에 젖어서 떠는 것이었다. 강력한 충동이 대뜸 그를 절망적인 운명과 맞싸우게 했다. 자신을 진흙 구덩이에서 끄집어내자. 다시 한 번 참다운 인간이 되자. 자신에게 매달려 있는 악과 싸워 이기자. 아직 나는 늦지 않다. 나는 아직 젊다. 옛날의 진지한 야심을 다시 한 번 되살려내서 지체하지 말고 그것을 추구해 보자. 저 장엄하고 아름다운 오르간 소리가 그의 마음속에 혁명을 일으킨 것이었다. 내일은 소란스러운 거리로 나가서 일자리를 찾아보자. 나도 이제 의젓한 존재의 인간이 될 것이다.

누군가의 손이 자신의 팔을 움켜잡는 것을 느꼈다. 재빨리 돌아보니 경관의 커다란 얼굴이 거기에 있었다.

"여기서 무엇을 하고 있소?"

경관이 날카롭게 물었다.

"아무것도 안해요."

소피는 대답했다.

"자, 그럼 따라와요."

하고 경관이 말했다.

"금고(禁固) 3개월!"

이튿날 아침, 경범죄 재판소에서 치안판사가 말했다.

—The Cop and the Anthem

분주한 중개인의 사랑

　주식 중개인 하비 맥스웰이 그의 젊은 여자 속기사를 데리고 9시 반경에 그의 사무실에 바삐 걸어 들어왔을 때, 비서인 피처는 항상 무표정한 얼굴에 약간 흥미와 놀라운 기색을 띠었다.
　"잘 있었나, 피처?"
하고 맥스웰이 위세 있게 말하자, 그는 뛰어넘기라도 할 듯 자기 책상으로 달려갔다. 그러고는 그를 기다리고 있는 편지며 전보가 잔뜩 쌓인 곳에 몸을 던졌다.
　데리고 온 젊은 여자는 지난 1년 동안 맥스웰의 속기사 노릇을 해왔다. 그녀는 속기사로서는 어울리지 않는 미인이었다. 멋들어지고 매혹적인 머리 모양을 내는 것도 아니었고 목걸이나 팔찌, 로켓 따위의 액세서리도 지니지 않았다. 그뿐 아니라 점심 초대에도 선뜻 응할 태세를 갖추고 있지 않았다.
　걸치고 있는 옷도 잿빛이며 수수한 것이었으나 아주 몸에 잘 어울려서 단정한 인상을 풍겼다. 또한 산뜻하고 검은 터번 형의 모자에는 연한 금빛과 초록이 섞인 잉꼬 깃털이 달려 있었다. 오늘 아침 따라 그녀는 어딘지 모르게 수줍어하는 듯한 아름다움이 엿보였다. 두 눈동자는 꿈꾸는 듯이 빛났고 두 볼은 발그레하게 복숭아꽃 같은 빛을 띠어 얼굴에는 추억이 잠긴 것 같은 행복한 빛이 어리고 있었다.

자못 호기심에 찬 피처는 그녀의 일거일동이 오늘 아침 따라 유난히 달라 보였다. 그녀는 곧바로 자기 책상이 있는 옆방으로 가려 하지 않고, 그대로 서성거리며 앞방 내부를 둘러보는 눈치였다. 그러더니 그녀는 자기의 존재를 맥스웰이 인식하도록 그의 책상으로 가까이 다가섰다.

그러나 책상을 향하고 앉아 있는 것은 기계이지 인간이 아니었다. 그것은 분주한 뉴욕의 주식 중개인으로서 그는 윙윙거리며 회전하는 수레바퀴와 풀리는 태엽에 의해서 몸을 움직이고 있는 존재 같았다.

"그런데……뭐지, 뭐야?"

하고 맥스웰이 물었다. 말투가 날카로웠다. 봉투를 뜯은 편지가 수북해서 흡사 연극 무대에 눈이 쌓인 것 같았다. 그의 예리한 잿빛 눈은 인간미가 결여되어 있는 것같이 보였으나 그 눈동자는 그녀를 향해 초조하게 빛나고 있었다.

"아무것도 아니에요."

하고 속기사는 대답하며 희미하게 미소짓고는 물러섰

다.

"피처 씨!"

하고는 그에게 말했다.

"어제 맥스웰 씨가 새 속기사를 채용한다고 무슨 말씀 안하셨나요?"

"말씀하셨어요."

하고 피처는 말했다.

"또 한 사람 채용하기로 했어요. 그래서 어제 오후에 직업 소개소에 알려서 오늘 아침에 두세 명의 후보자를 보내도록 일렀어요. 지금 9시 45분인데 타조 모자(타조 깃털을 장식한 차양이 넓은 여자 모자)도 나타나지 않고 파인애플과 추잉검을 씹는 아가씨도 여태껏 나타나지 않는군요."

"그럼 제가 평소처럼 일하겠어요."

하고 젊은 여자는 말했다.

"누가 새로 올 때까지 말예요."

그러자 금세 자기 책상으로 가서는 금빛과 초록색이 섞인 잉꼬 깃털 장식의 검은색 터번 형의 모자를 정해진 장소에 걸었다.

일에 정신없이 쫓겨 있을 때의 맨해튼(뉴욕시의 금융가)의 분주한 주식 중개인의 모습을 바라본 일이 없는 사람은 인류학을 전공하기에 불리한 노릇이다.

눈부신 인생의 바쁜 한때에 대해서 시인(T.O.모던트

(1730~1809) 전쟁시≪꿀벌≫의 한 구절)은 노래하고 있다. 그러나 주식 중개인의 한때는 분주한 것만은 아니다. 1분 1초를 모두 다 손잡이를 잡고 매달려 있는 숨막힐 듯한 만원 전차 같은 것이다.

게다가 오늘은 하비 맥스웰이 바쁜 날이었다. 주가표 시기는 미친 듯이 둥글게 만 테이프를 돌리며 조작하기 시작했고, 책상 위의 전화는 만성 발작을 일으키며 울리고 있었다. 사람들은 떼를 지어 사무실에 밀어닥쳐서는 칸막이 너머로 때로는 기쁜 듯이, 때로는 날카롭게, 또 때로는 악착스럽게 열띤 어조로 그에게 말을 걸었다. 심부름하는 아이는 편지와 전보를 갖고 이리저리 뛰어다녔다. 사무원들은 폭풍우를 만난 선원 못지않게 뛰어다녔다. 피처의 무표정한 얼굴마저도 어쩐지 덩달아 활기를 띠었다.

증권거래소에서는 태풍이 일고, 사태가 나고, 눈보라가 치며, 빙하가 뜨고 화산이 터지는 것 같은 그런 천재지변의 큰 변동이 축쇄판처럼 중개인 사무소에서 재현되고 있었다. 맥스웰은 의자를 벽에다 밀어붙이고는 무용가처럼 발끝을 움직이며 사무를 처리해 나갔다. 주가 표시로부터 전화기와 책상과 문으로 달리면서 수련을 쌓은 마술사처럼 날렵하게 사무실을 뛰어다녔다.

이리하여 일이 점점 더 바빠지는 중대한 고비에 이르렀을 때, 이 중개인이 갑자기 알아차리게 된 것은 타조의 깃털 장식이 달린 벨벳의 천장 같은 커다란 모자가 움직이는 아래서 높다랗게 말아 올린 금발머리 끝과 가짜 물개 가죽 윗도리 위로 팽팽하게 늘어진 호도알 크기의 몇 개의 구슬이 달린 목걸이 끝에 하트 모양의 은장식 메달이 마룻바닥에 닿을 듯 늘어져 있는 것이었다. 그러한 액세서리로 장식한 차분한 젊은 여자가 서 있었다. 그리고 피처가 여자를 소개하기 위해서 그곳에 서 있었다.

"일 때문에 속기사 소개소에서 보낸 분입니다."

하고 피처가 말했다.

맥스웰은 서류와 주가표시기의 테이프를 손에 잔뜩 쥔 채로 반쯤 몸을 틀었다.

"무슨 일이지?"

하고 그는 미간을 찌푸리며 물어보았다.

"속기사 일자리 말입니다."

하고 피처는 말했다.

"오늘 아침에 한 사람 보내도록 소개소에 전하라고 어제 저한테 말씀하셨어요."

"머리가 돌지 않았나, 피처?"

하고 맥스웰은 말했다.

"내가 그런 지시를 자네에게 할 이유가 있겠나? 레스리 양은 이곳에서 일한 지 1년 동안 아주 완전무결하게 처리하고 있어. 그녀가 원한다면 언제고 그녀가 하는 거야. 아가씨, 지금은 빈자리가 없어요. 피처군, 소개소에다 한 신청은 취소하게나. 그리고 취직하러 오는 사람은 이 방에 들이지 마라."

하트 형의 은메달을 단 아가씨는 잔뜩 화가 나서 사무실의 부품에 몸을 부딪치며 나가버렸다. 피처는 틈을 타서 장부계 직원에게, 우리 사장님은 날이 갈수록 멍청한 상태가 심해져서 점점 세상일을 잊어버리고 있다고 말했다.

일은 더욱더 바빠져서 맹렬하게 그 속도가 올랐다. 입회장에서는 맥스웰의 단골 손님들이 거액을 투자하고 있는 대여섯 가지 주권이 막 팔리고 있었다. 팔고 사고 하는 주문이 흡사 제비가 교차하듯이 빠른 속도로 내왕했다. 그는 자기 소유의 주권의 일부가 위태로워지자, 무언가 변속 기어가 달린 고도로 정밀하고 강력한 기계처럼 일하고 있었다. 그로 인해서 그는 극도로 긴장하고는 전속력으로 정확하고 용감하게 그리고 시계처럼 신속하고 민첩하게 적절한 말과 결심과 확고한 태도를 취했다. 주권과 공채, 대여금과 담보, 구전과 유가증권 등 이곳에는 금융의 세계는 있었으나 인간의 세계나 자연의 세계가 끼여들 여지는 없었다.

점심때가 가까워지자 분망하던 것도 주춤하는 한때의 휴식 시간이 다가왔다.

맥스웰은 전보다 메모지를 손에 잔뜩 쥐고, 오른쪽

귀에는 만년필을 끼고 머리는 흐트러져서 이마 위로 늘어진 채 책상 한쪽에 서 있었다. 창은 열려 있었다. 왜냐고 하면 우아한 여자의 감독자인 '봄'이 눈을 뜬 대지의 통풍 장치로부터 따뜻한 입김을 불어 넣어 주고 있었기 때문이다.

그리고 그 창으로부터 살며시—자칫하면 길을 잃었을 테지만—한줄기의 향기가 흘러 들어왔다. 그것은 라일락의 향긋하고 달콤한 향기였으나 주식 중개인은 일순에 그것에 취해 움직이지 못했다. 이 향기가 레슬리 양의, 그것도 그녀만의 것이었기 때문이다.

그 향기는 그녀의 모습을 생생하게, 손으로 잡을 듯하게 떠올랐다. 금융의 세계는 당장 위축되어 한 점의 얼룩이 되었다. 바로 그녀가 옆방에—스무 발자국 저쪽에 있다.

"단연코 지금 할 테다."
하고 맥스웰은 나지막하게 중얼거렸다.

"지금 말해야지. 그런데 어째서 진작 하지 않았지."

그는 뒤쪽으로 뛰어오르는 유격수처럼 재빠르게 안쪽 사무실로 달려들었다. 그리고는 속기사 아가씨의 책상을 향해 돌진했다.

그녀는 미소를 띠며 그를 쳐다보았다. 볼에는 발그레한 물이 들어 있었고 눈은 상냥하고 또렷했다. 맥스웰은 한쪽 팔꿈치를 책상에다 버텼다. 아직 두 손에는 너

울거리는 서류를 쥐고 귀에는 펜을 끼고 있었다.

"레슬리 양!"

하고 그는 빠른 어조로 말했다.

"아주 잠깐밖엔 말할 시간이 없어요. 나하고 결혼하지 않겠소? 평범한 방식으로 당신에게 청혼할 틈이 지금까지 없었어요. 그렇지만 레슬리 양, 나는 당신을 마음속으로 사랑하고 있어요. 어서 곧 대답을 해줘요. 저 사람들은 지금 유니온 퍼시픽 회사 주권을 팔겠다고 야단이오."

"아니, 그게 무슨 말씀이죠?"

하고 젊은 여자는 말했다. 그녀는 벌떡 일어서서 눈을 동그랗게 뜨고는 맥스웰을 바라보았다.

"내가 말하는 것을 모르겠소?"

하고 맥스웰은 어리둥절해서 말했다.

"결혼하고 싶다는 말이오. 나는 당신을 사랑하고 있어요. 레슬리 양! 그 말을 하고 싶어서 잠깐 일하는 틈을 빌린 거요. 지금도 전화에서 나를 찾고 있어요. 피처, 잠간 기다려 주게. 자 어때요, 레슬리양, 대답해요."

속기사 아가씨는 실로 기묘하게 몸을 움직였다. 처음에는 놀라서 어쩔 줄 몰라하는 것 같았으나 다음에는 그 놀란 눈에서 눈물이 흘러 넘치기 시작했다. 그 다음에는 눈물이 흐르는 속에서 밝게 미소짓고는 한쪽 팔로

부드럽게 중개인의 목을 감싸 안았다.

"이제야 알겠어요."

하고 그녀는 상냥하게 말했다.

"바쁜 일 때문에, 잠시 딴 일은 완전히 잊어버리셨군요. 처음에 저는 깜짝 놀랐어요. 잊어버리셨나요, 하비? 우리는 어제저녁 8시에 모퉁이를 돌아서 작은 교회에서 결혼했잖아요."

—The Romance of a busy Broker

20년 뒤의 약속

순찰 경관이 거드럭거리며 큰길을 걸어가고 있었다. 그 거드럭거리는 버릇은 남에게 자랑삼아 보이기 위한 것이 아니었다. 보고 있는 사람도 적었기 때문이다. 시간은 밤 10시가 될락말락하는 때였고, 비와 찬바람이 돌풍이 되어 불어치고 있어서 거리에는 거의 인적이 없었다.

걸어가면서 문단속을 살피고, 여러 가지로 익숙하고 재치 있는 동작으로 경찰봉을 빙빙 돌리며, 이따금씩 뒤를 휙 돌아보고는 조용한 거리에다 경계의 눈초리를 던지는 훤칠한 체구에다 뽐내는 듯한 걸음걸이의 경관은 아무래도 평화 수호자로서 좋은 본보기였다. 이 일대로 말하면 일찍 자고 일찍 일어나는 지역이었다. 이따금 담배 가게와 밤새 영업하는 간이식당의 불빛이 보이는 수도 있으나 대부분이 벌써 일찍 문을 닫았다.

어떤 블럭의 중간쯤 되는 곳에서 경관은 갑자기 걸음을 늦추었다. 불빛이 꺼진 철물점 입구에 불을 당기지 않은 시거를 입에 문 남자가 서 있었다. 경관이 다가가

자 그 남자는 서둘러 말을 꺼냈다.

"걱정할 필요는 없어요, 경관 나리."

하고 그는 안심시키듯이 그에게 말했다.

"친구를 기다리고 있을 뿐이지요. 20년 전에 약속을 했기 때문이에요. 좀 이상하게 들릴지도 모르겠군요. 거짓말이 아니라고 하는 것을 확인하고 싶다면 설명해 드리죠. 20년쯤 전의 옛일이지만 이 가게가 있던 곳에 레스토랑이 하나 있었어요……빅 조가 경영하던 〈블래디 레스토랑〉이라는 식당이었죠."

"5년 전까지는 있었지요."

하고 경관은 말했다.

"그 무렵에 없애 버렸소."

문간에 서 있던 남자는 성냥을 그어 시거에 불을 당겼다. 그 불빛 때문에 창백하고 턱이 네모지고 날카로운 눈초리의 얼굴과 오른쪽 눈썹 근처의 자그맣고 하얀 흉터가 보였다. 그 남자의 넥타이핀은 다이아몬드였으나 야릇하게 채워져 있었다.

"20년 전의 오늘 밤이에요."

하고 남자는 말했다.

"여기 빅 조의 블래디 식당에서 나는 지미 웰즈와 함께 식사를 했어요. 그 녀석은 나의 가장 친한 친구였고 세상에서 제일 좋은 녀석이었어요. 우리는 이 뉴욕에서 마치 형제처럼 자랐지요. 나는 18세였고 지미는 20세

였지요. 그 이튿날 아침에 나는 한밑천 잡기 위해서 서
부로 떠났어요. 지미를 뉴욕에서 끌어낸다는 것은 도저
히 불가능한 일이었어요. 그 녀석은 이 세상에서 살 곳
이라고는 이곳밖에 없다고 생각하고 있었으니까요. 그
래서 우리는 그날 밤에 약속을 했어요. 어떤 경우에 부
딪히더라도, 아주 먼 곳이라 오지 못할 지경더라도 그
날 그 시각에는 어김없이 20년 뒤에 이곳에서 재회하
자고요. 20년이 지나면 서로 자기의 운명이 정해지고
어느 정도가 될지 모르지만 재산을 모을 수 있으리라
생각했지요."

"아주 재미있군요."
하고 경관은 말했다.

"그렇지만 재회 기간이 너무나 긴 것 같군요. 그런데
당신이 떠난 다음에 그 친구한테서는 편지를 받아 보았
나요?"

"아, 그저 잠깐 동안은 소식을 주고 받았어요."
하고 상대방은 말했다.

"그렇지만 1년 뒤에는 서로 소식 불통이 되어 버리고
말았어요. 어쨌든 서부는 아주 대단한 곳이었고, 더구
나 거기서 나는 아주 바삐 돌아다녀야 했으니까요. 하
지만 지미가 살아 있기만 한다면 어김없이 이곳에 만나
러 올 거예요. 그 녀석은 이 세상에서 가장 착실하고
의리가 굳은 사나이였으니까 잊어버릴 리가 없어요. 나

는 오늘 밤에 여기 오기 위해서 1천 마일이나 멀리 떨어진 곳에서 찾아왔어요. 그러나 옛날 그 녀석이 모습을 보여주기만 하면 만족이지요."

기다렸던 사나이는 훌륭한 회중시계를 꺼냈는데 그 뚜껑에는 작은 알갱이의 다이아몬드가 잔뜩 박혀 있었다.

"10시 3분 전이군."

하고 그는 말했다.

"우리가 이 식당 문에서 헤어진 것은 꼭 10시였지요."

"서부에서는 일이 잘되었소?"

하고 경관이 물었다.

"물론이죠! 지미가 내 반쯤만이라도 잘 살았다면 좋겠군요. 그 녀석은 좋은 사람이었지만 약간 느린 편이었으니까요. 나는 한밑천을 잡기 위해서 악착스럽고 고약한 패거리하고 겨루지 않으면 안 되었지요. 뉴욕에서는 사람들이 틀에 박힌 생활을 하죠. 하지만 날카로우려면 서부에서뿐이에요."

경관은 경찰봉을 빙글빙글 돌리며 한두 발자국 걸었다.

"난 가겠소, 친구가 어김없이 와주면 좋겠군요. 그 시간만 꼭 기다리고 1분 이상 더 기다리지는 않을 건가요?"

"천만에!"

상대방은 말했다.

"적어도 30분은 더 기다리지요. 지미가 어디든 살아 있다면야 그때까지는 올 거예요. 그럼 순경 나리 안녕히 가세요."

"안녕히 계세요."

하고 경관은 말하고 나자 주위를 살피면서 관할 구역을 지나갔다.

이제는 차가운 가랑비가 뿌리고 있었다. 바람도 이따금씩 제멋대로 불었으나 어느새 세찬 강풍으로 바뀌었다. 그 근처를 걸어가던 두세 사람은 윗도리 깃을 곧추 세우고는 호주머니에 손을 쑤셔박고 가슴을 오므리고 재빨리 거리를 지나갔다.

한편 철물점 문앞에서는, 젊은 시절의 친구와 만나기를 위해 어리석을 만큼 불확실한 약속을 지키기 위해 1천 마일이나 되는 길을 달려온 친구가 시거를 피우면서 기다리고 있었다.

그는 20분쯤 더 기다렸다. 그때, 옷깃을 귀에까지 치켜 세운 긴 외투를 입은 키 큰 사나이가 길 저쪽에서 재빨리 걸어왔다. 그는 곧장 기다리던 사나이에게 가까이 다가왔다.

"봅이냐?"

그는 의심스럽게 물었다.

"지미 웰즈?"

문앞의 사나이가 외쳤다.

"야 이거……."

지금 도착한 사나이는 상대방의 두 손을 잡으며 외쳤다.

"틀림없는 봅이구나. 네가 살아서 어김없이 이곳에 오리라고 생각했어. 야 이거…… 20년이란 참 길구나. 옛날 식당은 없어져 버렸어, 봅. 있었다면 또 함께 식사를 할 수 있을 텐데. 그래 서부에서는 어떻게 지냈나?"

"대단했지. 갖고 싶은 것은 모두 가졌어. 너 정말 많이 변했구나, 지미. 나보다 키가 3인치나 크다니, 생각지도 못한 일인데 그래."

"그야 스무 살이 지나서 좀 자랐어."

"그래 뉴욕에서 잘 지내고 있니, 지미?"

"그럭저럭이야 시청에서 어떤 과에 근무하고 있어. 자, 가지 봅. 내가 잘 아는 곳에 가서 옛날 얘기나 마음껏 하세."

둘이는 팔짱을 끼고 거리를 걷기 시작했다. 서부에서 온 사나이는 성공으로 자부심이 넘쳤으며 출세한 이야기를 늘어놓기 시작했다. 상대방은 외투에 완전히 몸을 감싸고는 흥미진진하다는 듯이 듣고 있었다.

거리 모퉁이에는 번쩍번쩍 전등이 비치는 잡화점이 있었다. 그 눈부신 빛 속에 들어서자 둘이는 서로 얼굴을 마주 보았다.

　서부에서 온 사나이는 느닷없이 멈춰 서자 자기의 팔 장을 빼는 것이었다.

　"너는 지미 웰즈가 아닌데."

하고 그는 물고 늘어지듯 말했다.

　"20년은 길다지만 사람의 코를 매부리코에서 사자코로 바꿔 놓을 만큼 길지는 않아."

　"때로는 선인을 악인으로 바꾸는 수도 있지."

하고 키 큰 사나이는 말했다.

　"이봐, 비단결 같은 봅, 자네는 10분 전부터 이미 체포당한 몸이야. 시카고 경찰 당국에서는 자네가 이쪽으로 올지 모른다고 생각하고 자네에게 얘기가 있으니 잡아달라고 전보를 쳤어. 순순히 굴겠지? 음 그게 이로울 거야. 그런데 서에 가기 전에 너에게 부탁한 편지가 여기 있어. 이 창 쪽에서는 읽을 수 있을 거야. 순찰계의 웰즈가 보낸 거야."

　서부에서 온 사나이는 넘겨 받은 종이쪽지를 폈다. 읽기 시작했을 때는 잔뜩 굳었던 그의 손이 다 읽고 나서는 바르르 떨렸다. 편지는 매우 짧았다.

　'봅, 나는 시간대로 약속된 장소에 갔었어. 자네가 시거에 불을 붙이기 위해 성냥을 그었을 때, 자네 얼굴이 시카고 경찰에서 찾고 있는 얼굴이라는 것을 알았어.

어쨌든 나로서는 그럴 수 없었어. 그래서 나는 순찰을
나가고 사복 형사에게 부탁한 것이네.'

—After Twenty Years

착한 마녀의 빵

마더 미챔 양은 거리 모퉁이에서 작은 빵집을 갖고 있었다(계단을 셋 올라서서 문을 열면 초인종이 찌릉찌릉 울리는 그런 가게이다).

마더 양은 올해 40세로 은행 통장에는 2천 달러의 예금이 있고, 두 개의 의치(義齒)와 동정심이 깊은 마음씨를 지니고 있었다. 마더 양보다 결혼의 기회가 훨씬 적은 여자라도 결혼한 여자는 많이 있다.

1주일에 두세 번쯤 가게를 찾아오는 손님이 있었는데 그녀는 그 남자에게 관심을 갖기 시작했다. 그는 중년 남자로서 안경을 걸치고 다갈색 턱수염을 조심스럽게 깎아서 털끝이 날카로웠다.

그는 독일 사투리가 심하게 섞인 영어를 사용했다. 또 군데군데 해진 곳을 기워 입고 있었다. 그러나 그는 늘씬한 모습이었고 매우 예의가 발랐다.

그는 언제나 묵은 빵 두 개를 사갔다. 새로 나온 빵은 한 개에 5센트이고 묵은 빵은 두 개에 5센트였다. 그는 언제나 묵은 빵밖에는 찾지 않았다.

언젠가 마더 양은 그의 손가락에 빨강과 갈색의 얼룩이 묻어 있는 것을 목격하게 되었다. 그 이후로 그녀는 그가 화가로서 매우 가난하다고 스스로 믿었다. 그는 어김없이 다락방에서 살면서 그곳에서 그림을 그리고 묵은 빵을 먹으면서 마더 양의 가게에 있는 맛난 것들을 생각할 것이다.

마더 양은 두꺼운 고기 조각과 잼을 넣어서 부풀린 롤빵과 찻잔을 놓은 식탁에 앉으면, 곧잘 한숨을 지으며 그 예의 바른 화가가 바람벽 사이로 바람이 스며드는 다락방에서 굳어진 빵 따위를 먹지 말고 자기 집의 맛난 음식을 먹었으면 좋으련만 하고 생각했다. 앞에서도 밝혔듯이 마더 양은 동정심이 많은 여자였다.

남자의 직업에 관해서 자기의 추측이 들어맞는지 그 여부를 알기 위해서 그녀가 경매장에서 샀던 한 폭의 그림을 어느 날 자기 방에서 꺼내다가 그것을 계산대 뒤쪽에 있는 선반 위에 세워 놓았다.

그것은 베니스의 풍경화였다. 웅장한 대리석 궁전(그 그림에는 그렇게 씌어 있었다)이 전경(前景)이라기보다는 물이 있는 곳 앞에 서 있었다. 그 밖에는 곤돌라(물에 손을 적시고 있는 부인이 한 사람 타고 있다)며, 구름이며, 하늘 등 색채의 농도가 짙게 그려져 있었다. 화가라면 이것을 놓칠 수 없는 것이었다.

이틀 뒤에 그 손님이 찾아왔다.

"미안하지만 묵은 빵을 두 개 주십시오."

그녀가 빵을 싸고 있으려니까 그가 말했다.

"좋은 그림을 갖고 계십니다."

"그래요?"

마더 양은 예상했던 것이 척 들어맞자 기뻐서 말했다.

"제가 가장 좋아하는 것은 미술과 그리고(기다리지, 그렇게 서둘러서 화가다 뭐다 말을 끄집어내서는 안 되지) 그림이에요."

하고 말했다.

"좋은 그림이라고 생각하세요?"

"궁전은 잘 그리지 못했네요."

하고 손님은 말했다.

"원근법이 틀렸군요. 안녕히 계세요 마담."

그는 빵을 받아 쥐자 인사를 하고는 휙 나가 버렸다.

그렇구나, 저 사람은 어김없이 화가임에 틀림없어. 마더 양은 그림을 다시 자기 방에 갖다 놓았다. 그 사람의 눈은 안경 속으로 어쩌면 그다지도 상냥하게 빛나고 있을까! 어쩌면 이마도 그렇게 크담! 척 보아서도 원근법을 판단하다니! 더구나 묵은 빵을 먹으면서 살다니! 그렇지만 천재일지라도 남들에게 인정받기까지는 종종 어려움과 싸워 나가지 않으면 안 되게 마련이야.

만약 천재가 2천 달러의 은행 예금과 빵 가게와 동정

심 많은 마음의 후원을 받게 된다면, 그런 일은 미술을 위해서도 원근법을 위해서도 얼마나 좋은 일일까—하지만 그러한 것은 마더 양의 공상일 따름이다.

요즘에는 그가 가게로 찾아오면 진열대 너머로 잠시 잡담을 하는 것이었다. 그는 마더 양의 명랑한 이야기를 듣고 싶어하는 기색이었다.

변함없이 그는 묵은 빵을 계속해서 사갔다. 그러나 케이크 한 개, 파이 한 개, 그녀가 손수 만든 맛난 샐리런(달콤하고 가벼운 과자) 한 개는 끝내 사는 일이 없었다.

그녀는 그가 차츰 여위기 시작하고 기운이 없어지는 것처럼 여겨졌다. 그가 보잘것없는 것을 사가는 데에다 무엇인가 만난 것을 끼워 주고 싶은 생각이 끊임없이 솟아났지만 실행하고자 하면 막상 용기가 나지 않았다. 그가 수치를 느낄 만한 일은 도저히 할 수가 없었다. 그녀는 예술가의 자존심에 대해서도 알고 있었다.

마더 양은 가게에 나설 때는 푸른 색 물방울 무늬의 비단 블라우스를 입기 시작했다. 구석진 방에서는 마르멜로(장미과의 낙엽 교목, 열매는 향기가 좋아서 잼을 만든다) 열매와 붕사(硼砂)로 괴상한 혼합물을 만들었다. 혈색이 좋아지라고 실로 많은 사람들이 이것을 먹는다.

어느 날, 보통때처럼 손님이 찾아왔다. 그는 진열장

위에다 5센트짜리 주화를 놓고 여느때나 마찬가지로 묵은 빵을 요구했다. 마더 양이 묵은 빵에 손을 뻗칠 때 '앵앵—땡, 땡, 땡' 하며 큰 소리를 내면서 소방차가 달려갔다.

누구나 다 그렇듯이, 손님은 서둘러서 문간 쪽으로 갔다. 느닷없는 명안이 떠오르자 그녀는 그 기회를 포착했다.

진열대 구석의 맨 아래쪽 선반에는 10분 전에 우유 배달부가 두고 간 새 버터가 1파운드 얹혀 있었다. 마더 양은 빵을 자르는 칼로 묵은 빵 하나하나에다 깊게 칼자국을 내어 잔뜩 버터를 밀어 넣고는 다시 빵을 꽉 눌러 맞추었다.

손님이 다시금 돌아왔을 때 그녀는 빵을 종이에 싸고 있었다.

여느때 볼 수 없이 손님이 명랑하게 이야기하고 돌아가자 마더 양은 혼자서 미소를 지었으나 심장이 얼마간 두근거렸다.

지나치게 대담했는지 모르겠다? 그 사람 노할까? 아니 결코 그럴 리가 없어. 음식말(꽃말의 상대적으로) 따위는 없는 것이니까. 버터가 처녀답지 않게 뻔뻔스러운 상징이 될 리는 없는 법이니까.

그날 그녀는 오래도록 그것에 대해서만 생각했다. 그녀의 이런 작은 거짓을 그가 발견했을 때의 광경을 그녀는 상상했다.

그는 화필과 팔레트를 밑에다 놓을 것이다. 완벽한 원근법으로 묘사된 그의 그림이 걸려 있는 화가(畫架)가 그곳에 서 있을 테지.

그는 바삭바삭거리는 빵과 물로 점심 준비를 할 테지. 그리고는 빵을 칼로 벨 때—그러면, 아아!

마더 양의 얼굴은 붉어졌다. 그 사람은 빵을 먹을 때 거기다 버터를 넣어 준 사람의 마음을 생각해 줄지 모르겠어? 그리고는…….

문간 쪽의 초인종이 요란하게 울렸다. 누군가가 큰 발소리를 울리며 들어오는 것이었다. 마더 양은 급히 가게로 나갔다. 두 남자가 거기 서 있었다. 한 사람은 파이프를 피우는 젊은 남자—그녀가 그때까지 본 일이 없는 남자였다. 또 한 사람은 그녀를 찾아오는 화가였다.

그의 얼굴은 새빨갛고, 모자는 머리 뒤쪽으로 벌렁 젖혀져 있고, 머리는 마구 흩어져 있었다. 두 주먹을 꽉 쥐고는 주먹을 마더 양을 향해서 맹렬하게 휘둘렀다. 아무것도 모르는 마더 양에게 말이다.

"이 바보야!"

그는 무섭게 큰 소리로 외쳤다. 그리고는 '못난 것!'인지 무엇인지 독일어로 외쳤다. 젊은 남자는 그를 끌어내려고 했다.

"안 가겠어!"

하고 그는 노해서 말했다.

"저 여자한테 말해 주기까지는 말이야."

그는 가게의 진열장을 흡사 큰 북인 양 꽝꽝 내리쳤다.

"당신은 나를 망치고 말았어."

그는 안경 속으로 푸른 눈을 번뜩이면서 말했다.

"내가 말해 줄 테야. 너는 형편 없는 늙어빠진 여자야!"

마더 양은 힘없이 진열장으로 다가서서 한 손으로 물방울 무늬의 비단 블라우스를 만졌다. 젊은 남자가 친구의 목덜미를 잡았다.

"자, 가지."

하고 그는 말했다.

"그만큼 했으면 충분해."

그는 노발대발하고 있는 상대방을 이끌고는 문간에서 보도 쪽으로 끌어냈다. 그리고는 다시 되돌아왔다.

"당신에게 말씀드리는 게 옳다고 생각해요."

하고 그는 말했다.

"어째서 이런 소동이 났는지 말이지요. 저 사람은 이름이 블룸버거예요. 건축 제도사지요. 나는 저 사람과 같은 사무실에서 일하고 있어요. 저 사람은 요 석달 동안 새로운 시청 설계도를 열심히 그리고 있었어요. 현상 응모 작품이었지요. 이제야 겨우 그것에다 잉크로 선을 그었어요. 잘 아실 테지만 제도사는 처음에 연필로 바탕 그림을 그려요. 그것을 모두 마치고 나면 연필의 선을 손으로 잔뜩 뜯은 묵은 빵으로 연필 자국을 지우지요. 고무 지우개보다 그것이 훨씬 더 잘 지워져요. 블름버거는 그 빵을 항상 댁에서 샀어요. 그런데 오늘은……그렇죠, 이미 잘 아시겠죠, 마담. 그 버터가 말이죠……덕분에 블름버거의 설계도는 이젠 엉망이 되고 말았어요."

마더 양은 안쪽의 방으로 들어갔다. 물방울 모양의 비단 블라우스를 벗자 언제나 입고 있던 퇴색한 갈색 옷으로 바꿔 입었다. 그러고는 마르멜로의 열매와 붕사의 혼합물을 창밖의 쓰레기통에다 내던졌다.

—Witches' Loaves

물레방앗간 교회

레이클랜즈는 상류층 인사들이 찾아가는, 피서지 안내서에는 끼여 있지 못한 고장이다. 그곳은 크린치 강의 작은 강줄기가 잇닿은 캠벌랜드 산맥의 나직한 돌출부에 자리하고 있다.

본래 레이클랜즈라는 곳은 한적한 철로 연변의 스무 채 정도의 집으로 이루어진 평화로운 마을이다. 그 상황을 둘러본다면 이 철도는 이곳을 지나다 솔밭 사이에서 길을 잃고 공포와 고독감에서 벗어나기 위해 레이클랜즈로 뛰어든 게 아닌가 하고 여겨지기도 하며, 혹은 레이클랜즈가 길을 잃어서 철도 연변으로 모여들어 기차가 집까지 데려다 주기를 기다리는 게 아니냐고 여겨질 정도였다.

또한 어째서 이곳을 가리켜 레이클랜즈라고 호칭하게 되었는지도 이상하게 여겨진다. 이곳에는 호수가 있는 것도 아니며 또 주변의 토지도 이렇다하게 내세울 만한 가치가 없을 정도로 빈약하다.

이 마을에서 반 마일쯤 떨어진 곳에는 '독수리 장

(莊)'이 위치하고 있다. 이 넓고 큰 건물은 작은 비용으로 맑은 산 공기를 마시기 위해 찾아드는 손님을 숙박시키기 위해 세운 것이며, 조사이어 랭킨이 경영하고 있는 여관이다. 그러나 '독수리 장'의 경영은 손님들이 재미나게 여길 만큼 서투르다. 건물을 근대적인 형태로 개수하지 않은 채 고풍스런 그대로의 모습이다.

그뿐 아니고 우리가 살고 있는 가정과 마찬가지로 모든 행동을 자유롭게 할 수 있어서 손님들이 마음 편히 지낼 수 있는 곳이다. 객실은 깨끗하며 음식물도 풍부하게 갖춰져 있다. 그 밖에도 손님들은 솔밭을 마음껏 즐기며 산책할 수 있다. 이 고장의 자연 환경을 든다면 약수터가 있고, 포도 덩굴로 만든 그네가 있으며, 크로켓장을 설치하고 있다. 크로켓의 쇠 자루도 이곳에서는 나무 자루를 사용하고 있다. 또한 감사히 여겨야 할 인공적인 것은 통나무로 만든 집에서 1주일에 두 번씩 무도회를 할 때 들을 수 있는 바이얼린과 기타의 음악 따위이다.

'독수리 장'을 찾아드는 손님들은 휴양을 즐기기 위해 오는 것은 물론이고 꼭 필요하므로 찾아온다. 그들은 매우 바쁜 사람들이다. 이를테면 톱니바퀴를 1년 내내 틀림없이 돌리기 위해 2주일에 한 번은 태엽을 감아 줄 필요가 있는 시계와도 같은 사람들이다.

산 밑에 있는 거리에서 찾아드는 학생이 있는가 하면

이따금 예술인도 찾아들고 산간의 옛 지층을 탐사하기 위해 열중하는 지질학자도 찾아든다. 한 여름철을 이 고장에서 지내기 위해 단란하게 두세 가족이 찾아들기도 하며 또한 레이클랜즈에서 학교 선생님으로 통하는 근면한 종교 부인단체의 피로한 회원 한두 명씩이 찾아든다.

'독수리 장'에서 4분의 1마일쯤 떨어진 곳에는, 만약 '독수리 장'의 관광 안내서를 만드는 경우에는 반드시 명소로서 소개할 만한 장소가 있다. 그곳은 매우 오래된 물레방앗간이지만 이제는 이미 제분소 구실을 하지 않는 곳이다. 조사이어 랭킨의 말에 따른다면 이렇다.

"이곳은 미국에서 유일한 물레방앗간 교회입니다. 또한 세계에서 유일한 벤치와 파이프 오르간이 있는 물레방앗간입니다."

'독수리 장'의 숙박객들은 안식일마다 이 낡은 물레방앗간 교회에 찾아가 다음과 같은 목사의 설교를 듣는다.

"죄를 씻은 기독교도는 경험과 고뇌의 맷돌에 빻아서 만든 쓸모 있는 밀가루와 같은 것입니다."

해마다 초가을 무렵이면 '독수리 장'으로 에이브러험 스트롱이라는 사람이 찾아와 존경받는 귀한 손님으로 한동안 머문다. 그를 가리켜 레이클랜즈에서는 에이브러험 신부님이라고 부른다.

왜냐하면 그는 머리가 하얗게 센데다 얼굴이 힘차게 보이고, 더구나 인자하며 혈색이 좋고 웃음소리는 매우 밝고, 또한 검은 색 양복과 차양이 넓은 모자 때문에 보기에 신부나 다름없었기 때문이다. 새로 숙박하게 된 손님들도 3,4일 지내는 동안에 그와 사귀면 친근감이 깃든 그 이름을 부르게 된다.

에이브러험 신부는 먼 고장에서 레이클랜즈를 찾아왔다. 그는 북서부의 어느 큰 활기찬 도시에 살고 있다. 그는 그 고장에 몇 개의 제분공장을 가지고 있다. 그 공장들은 벤치와 오르간이 있는 작은 방앗간이 아니고, 개미가 개미집 주위를 맴돌듯이 화물 열차가 온종일 제분공장 주위를 맴돌 만큼 거대한 산 같은 그런 제분공장이다. 그럼 이제부터 에이브러험 신부와 지금의 교회인 물레방앗간에 대한 이야기를 시작해 보자. 왜냐하면 이 두 가지 이야기는 한 가지로 연관되어 있기 때문이다.

이 교회가 아직 물레방앗간이었던 무렵에는 스트롱 씨가 제분소의 주인이었다. 그 고장에서는 그 사람만큼 유쾌한 성격을 갖고 밀가루 범벅이 되어 분주한 가운데 행복한 방앗간 주인은 별로 없었던 것이다. 그는 제분소의 길 하나 건너 저편에 있는 작은 집에 살고 있었다. 그의 일손은 더딘 편이었으나 밀가루 빻는 삯이 싸서 산마을 사람들은 몇 마일씩이나 떨어진 자갈길을 걸어서 굳이 그의 제분소로 곡식을 운반해 오는 것이었다. 그는 이 작은 제분소에서 사는 즐거움을 어린 딸 어글레이어(그리스 신화의 빛의 여신)에게서 찾고 있었다. 노랑 머리에 아장아장 걷는 어린애 이름치고는 지나치게 거창한 이름이었지만 산간지대 주민들은 씩씩하고 힘찬 이름을 좋아했다. 그녀의 어머니는 어떤 책에서인지 그 이름을 보고는 그것을 딸의 이름으로 삼았다.

어글레이어 자신은 어릴 때 이 이름을 부르는 것을 싫어하고, 제멋대로 '담즈'라고 자신의 이름을 지어 불렀다. 아버지와 어머니는 이따금 어글레이어를 얼러서 그 이상한 이름의 출처를 캐내려고 했지만 끝내 허사였다. 이윽고 부부는 한 가지 의견에 이르렀다. 즉, 집 뒤뜰에는 특히 딸애가 좋아해서 마음을 쏟고 있는 로드덴드론 꽃밭이 있었다. 모름지기 딸애는 '담즈'라는 이름에는 자기가 좋아하는 이 어려운 꽃 이름과 통하는 무엇인가가 있다고 생각했을지도 모른다고 여긴 것이다.

어글레이어가 네 살이 되었을 때, 그녀와 아버지는 매일처럼 저녁때가 되면 물레방앗간 안에서 작은 행사를 갖고 그날의 일과를 마치는 것이었다. 그 행사는 날씨가 좋은 때면 어김없이 거행되었다. 저녁 식사 준비를 한 후 어머니는 아가씨의 머리를 빗질해 주고, 예쁜 앞치마를 입혀 물레방앗간에 있는 아버지에게 마중을 보냈다. 딸애가 물레방앗간 어귀로 다가오는 것을 보면 하얗게 밀가루 범벅이 된 손을 흔들며 아버지가 나온다. 그러고는 이 고장에서 옛부터 전래되는 방앗간 노래를 불렀다.

물레방아 돌아가면
밀가루가 빻아지고
밀가루투성이의 방앗간 주인은 즐겁구나
아침부터 저녁까지 노래하며 산단다
귀여운 저애를 생각할 때는
이런 일도 그지없이 즐겁구나

어글레이어는 웃으며 달려와서 소리지른다.
"아빠, 담즈를 집까지 데려다 주세요."
그러면 아버지는 냉큼 딸애를 들어 어깨에다 얹고는 힘차게 방앗간 노래를 부르며 저녁 식사하러 가는 것이다. 날이면 날마다 저녁 때면 으레 이렇게 했다.
그녀가 네번째 생일을 맞은 지 불과 1주일밖에 되지 않은 어느 날, 어글레이어가 자취도 없이 사라지고 말았다. 그녀를 맨 마지막으로 본 것은 그애가 집 앞 길에서 꽃을 따고 있는 모습이었다. 그로부터 얼마 뒤, 어머니는 어린애가 너무 먼 곳에 가면 안 된다고 주의시키기 위해 밖으로 나와 보니 이미 그때는 딸애가 없었다.

　물론 어글레이어를 찾기 위해서 백방으로 힘썼다. 이웃 사람들은 떼지어 몇 마일 사방에 걸친 숲이나 산 속까지 샅샅이 뒤져 보았다. 물레방아에 사용하는 물도랑이며 냇물 밑바닥, 먼 곳의 둑 밑까지도 수색해 보았지만 아무 흔적도 찾아내지 못했다. 바로 그 사건이 있기 하루나 이틀 전에 근처 숲에서 야영을 했던 집시 가족이 있었다. 어쩌면 그들이 이 어린애를 납치했는지 모른다는 이야기까지 나왔다. 그러나 집시 포장마차를 뒤쫓아 가보았으나 역시 아무것도 찾아내지 못했다.

　아버지는 거의 2년간 이 물레방앗간에서 일했으나 그동안에 딸을 찾아낼 가망이 없었다. 내외는 그 후 북서부 쪽으로 이사했다. 그는 2,3년이 지나자 제분업이 활발한 그 고장에서 근대적인 제분공장의 경영자가 된 것이다. 스트롱 부인은 어글레이어를 잃어버린 정신적 상처에서 헤어나지 못한 채, 이사한 지 2년 만에 세상을 떠났으며 스트롱 씨는 독신의 몸으로 슬픔을 짊어져야 했다.

　에이브러험 스트롱은 생활이 유복해지자 레이클랜즈의 옛 물레방앗간을 찾아갔다. 그 고장 풍경은 그에게 마음 아픈 광경이었다. 그러나 그는 강한 인간이었다. 그러기에 겉으로는 언제나 명랑하고 친절하게 남을 대했다. 그는 문득 낡은 물레방앗간을 교회로 개조하기로 마음먹은 것은 그때였다. 레이클랜즈 사람들은 매우 가난하기 때문에 교회를 세울 수 없는 처지였다. 그들보다도 더욱 가난한 산마을 사람들은 본래부터 헌금할 여력이란 없었다. 그러므로 이 고장 20마일 테두리 안에는 한 군데도 교회가 없었다.

방앗간 주인은 가능한 한 물레방앗간의 외양을 뜯어고치지 않도록 했다. 커다란 상사식(上射式) 물레방아를 그 자리에 그냥 놓아 두도록 했다. 이 교회에 오는 젊은이들은 부드럽게 삭고 있는 물레방아의 목재에다 곧장 자기 이름의 머리 글자를 새겼다. 둑의 일부분은 허물어져 있었기 때문에 산골짜기의 맑은 물이 거침없이 물결치며 바윗골을 흘러내렸다. 그러나 물레방앗간 내부는 큰 변화가 생겼다. 물레방아의 굴대, 맷돌, 피대, 활차 따위는 물론 모두 다 떼내어 버렸다. 그리고 통로를 사이에 두고 벤치가 두 줄로 나란히 놓이고, 그 안쪽은 한층 높게 돋워졌으며 거기에는 설교대를 설치했다.

머리 쪽의 세 군데에다 좌석용 다락을 설치했으며 안쪽에서 층계로 오르게 만들었다. 다락에는 오르간—진짜 파이프 오르간이 설치되었다. 이 파이프 오르간이야말로 옛 물레방앗간 교회 신도들 전체의 자랑거리였다. 오르간 연주자는 피브 서머즈 양이었다. 그래서 레이클랜즈의 소년들은 매주 일요일의 예배 때마다 그녀를 위해 오르간에 펌프질하는 일을 자랑삼게 되었다. 설교를 맡은 것은 벤부리지 목사이고 예배드리는 날은 어김없이 늙은 흰말을 타고 '다람쥐 골짜기'에서 찾아오는 것이었다. 그리고 에이브러험 스트롱 씨는 일체의 경비를 대고 있었다. 목사에게는 1년에 5백 달러, 그리고 피브 양에게는 2백 달러를 내주었다.

이렇듯 옛날의 물레방앗간은 어글레이어를 기념하기 위한 곳으로서, 그녀가 지난날에 살았던 마을 주민들에게 신의 은총을 베푸는 고마운 장소로 바뀐 셈이다. 어글레이어의 짧은 생애야말로 수많은 사람들의 70 평생보다도 값진 선행을 베푼 듯이 여겨지게 되었다. 그러나 에이브러험 스트롱은 그 밖에도 그녀를 기념하기 위해 또 하나의 기념이 되는 것을 만들게 했다.

북서부에 있는 그의 공장에서는 '어글레이어 표' 밀가루를 판매하게 된 것이다. 그 밀가루는 여태껏 볼 수 없는 최고 품질의 밀가루였다. 사람들은 '어글레이어 표' 밀가루에 두 가지 종류의 가격이 있다는 것을 알았다. 그 하나는 최고 가격으로 판매되고 다른 하나는 무료 공급이다.

사람들이 곤궁에 빠지는 해—이를테면 화재나 홍수, 태풍, 파업, 기근—에 부닥칠 때면, 어디서 그런 일이 빚어지건 간에 당장 '어글레이어 표' 밀가루를 계속해서 무료로 수송해 주는 것이다. 그와 같은 일은 신중하고도 온갖 주의를 기울여서 제공되고 더구나 자유 분배로서 기아에 허덕이는 사람들이 단돈 한 닢도 내지 않게 하였다. 도시의 빈민가에 큰 화재가 발행하면 그 현장에는 소방서장의 마차가 먼저 도착하고 그 다음에는 '어글레이어 표' 밀가루를 실은 마차가 도착한다. 그 다음에야 소방차가 달려온다는 소문이 날 정도였다.

이것은 어글레이어에 대한 에이브러험 스트롱의 또 하나의 기념비적인 사업이다. 시인에게는 모름지기 이런 것이 미의 주제로서는 지나치게 실리적으로 보였을지는 모르겠다. 그러나 혹자에게는, 순수하게 하얗게 빻은 밀가루가 사랑과 자선이라는 사명을 띠고 운반되는 것이, 이를테면 잃어버린 사랑하는 딸의 영혼을 상징하는 기념비와 같이 마음을 아름답게 감싸주는 일로 여겨졌을 게 틀림없다.

어느 해에 캠벌랜드 지방에는 불황의 물결이 세차게 밀어 닥쳤다. 어느 곳에건 농작물의 소출이 나빴으며, 전혀 수확이 없는 곳조차 있었다. 큰 해일이 일어나서 재산 피해는 극심했다. 숲속 짐승을 사냥하는 것조차 제대로 안 되어 사냥꾼들은 가족들의 생명을 부지할 만큼의 먹을 것도 가지고 돌아오지 못했다. 특히 레이클랜즈 일대가 극심했다. 이 소식을 들은 에이브러험 스트롱은 즉각 명령을 내렸다. 좁다란 협궤철도 편으로 레이클랜즈에는 '어글레이어 표' 밀가루가 하역되기 시작했다. 밀가루는 옛 물레방앗간 교회의 다락에 쌓였고, 교회에 나오는 사람들에게는 각기 한 부대씩 가져가게 하라는 게 스트롱 씨의 통보였다.

그로부터 2주일 후에 에이브러험 스트롱은 예년과 같이 '독수리 장'을 방문해서 다시금 에이브러험 신부가 되었던 것이다.

그해 여름에는 '독수리 장'을 찾는 손님이 여느 해보다도 적은 수였다. 그들 중에는 로즈 체스터가 끼여 있었다. 체스터 양은 어틀랜터에서 레이클랜즈를 찾아왔는데, 그녀는 어틀랜터의 백화점에 근무하고 있었다. 이번에 그녀가 이곳에 온 것은 세상에 태어난 후 첫번째 휴가 여행이었다.

백화점 지배인의 부인이 지난달 한여름을 '독수리 장'에서 보낸 적이 있었다. 부인은 로즈가 매우 마음에 들어서 3주일 간의 휴가는 꼭 그곳에 다녀오라고 권유한 것이었다. 지배인 부인은 로즈에게 랭킨 부인한테 보내는 소개장을 가지고 가게 했다. 랭킨 부인은 반갑게 로즈 양을 맞아 주고 자진해서 그녀를 거들며 보살펴 주었다.

체스터 양은 그다지 건강한 편은 아니었다. 나이는 20세 정도로 실내 생활 때문에 안색이 희고 허약해 보였다. 그러나 레이클랜즈에서 1주일쯤 생활하자 알아보기 힘들 만큼 혈색이 좋아졌고 건강해졌다. 그때는 9월초로서 캠벌랜드 지방이 가장 아름다운 계절이었다. 산에 있는 나무들은 단풍에 물들어 붉었고, 공기는 샴페인처럼 달콤하며 밤에는 쾌적할 정도로 서늘하여 '독수리 장'의 따뜻한 담요를 덮고 포근히 잠들고 싶을 정도였다.

에이브러험 신부와 체스터 양은 매우 가까워졌다. 나이가 먹은 제분공장 주인은 랭킨 부인에게서 체스터 양의 신변 이야기를 들었다. 그래서 그는 금세 자활의 길을 개척하고 있는 이 연약하며 고독한 아가씨에게 관심이 쏠리게 되었다.

체스터 양은 산간 지대에 온 게 처음이었다. 캠벌랜드 지방의 웅대함과 변화를 즐기며 그녀는 이곳에 머무는 동안 한순간 한순간을 기쁘게 보내고 싶다고 생각했다. 그녀는 얼마간의 저금이 있었다. 그러나 여러 가지 비용에 대비해서 면밀하게 지출 계획을 짰기 때문에 직장으로 다시 돌아갔을 때는 얼마쯤의 돈이 남게 될 것인지를 계산하고 있는 것이었다.

체스터 양이 에이브러험 신부를 대화의 상대역으로 또는 친구로서 사귀게 된 것은 행운이었다. 그는 레이클랜즈 부근은 길이나 봉우리, 언덕 등 모든 것을 다 알고 있었다. 그녀는 에이브러험 신부의 안내로 나무로 뒤덮인 솔밭의 으슥한 오솔길의 신비스런 아름다움이나, 울퉁불퉁한 암석의 장엄한 모습이나, 수정처럼 맑은 대기 속에 쌓인 아침이나 그리고 신비한 정적에 꿈결처럼 흐르는 황금빛 오후의 경치를 깨닫게 되었다. 그래서 그녀의 건강은 회복되었고 기분도 명랑해졌다. 누구나 다 알고 있는 것처럼 에이브러험 신부의 그런 웃음 소리와 마찬가지로 그녀 역시 여성미 넘치는 따사로운 미소를 짓게 되었다. 두 사람은 누구나 마찬가지로 천성적인 낙천가로서 온화하고 밝은 표정으로 세상 사람을 대하는 방법을 깨우치고 있었던 것이다.

어느 날 체스터 양은 숙박객 중 한 사람으로부터 에이브러험 신부의 행방불명된 딸의 이야기를 들었다. 그녀가 서둘러 밖으로 나갔더니 제분공장 주인은 약수터 옆에 있는 그가 즐기는 통나무 벤치에 앉아 있었다. 그는 이 다정한 여자 친구가 자기 손을 살며시 그의 손에다 얹으며 눈물이 글썽한 모습으로 그를 바라보자 깜짝 놀랐다.

"에이브러험 신부님!"
하고 그녀는 말했다.

"정말 안됐어요. 저는 신부님의 어린 따님 얘기를 지금껏 모르고 있었어요. 어서 제발 찾게 되시기를 바라겠어요."

제분공장 사장은 금세 미소를 지으며 그녀를 쳐다보았다.

"고마워, 로즈 양."

하고 그는 여느때나 다름없이 밝은 표정으로 말했다.

"하지만 모름지기 어글레이어는 찾지 못하게 될 것 같군. 처음 2,3년 동안은 차라리 부랑자에게 유괴되었길 바라기도 했지만 이젠 그런 가망도 없어요. 틀림없이 물에 빠졌다는 생각이지."

"혹시나 하는 기대 속에 얼마나 고통스러우셨는지……저는 잘 알 수 없지만 그런데도 신부님은 언제나 명랑하신 표정으로 남의 괴로움을 풀어 주려고 하시는군요. 정말 인자한 분이어요. 에이브러험 신부님은요."

"정말 착한 아가씨군, 로즈 양은……"

하면서 제분공장 사장은 로즈의 흉내를 내며 웃었다.

"아가씨만큼 인정이 많은 사람은 없구면."

체스터 양은 문득 응석을 부리고 싶어졌다.

"저어, 에이브러험 신부님!"

하고 그녀는 말했다.

"만약 제가 신부님의 따님이었다면 얼마나 낭만적인 일일까요. 그렇지만 신부님은 저같은 사람이 딸이 된다면 사실 귀찮으실 테지요?"

"아냐, 아냐 꼭 그렇게 되었으면 좋겠군."

제분공장 사장은 진지하게 대답했다.

"만약 어글레이어가 살아 있다면 무엇보다도 아가씨와 같은 그런 사랑스러운 아가씨로 자라났길 바라고 싶군. 어쩌면 아가씨가 정말 어글레이어인지도 몰라요."

하고 그는 그녀의 응석어린 마음에 농담을 섞어 말
했다.

　"우리가 물레방앗간에 살고 있던 때가 생각나지 않
어?"

　체스터 양은 진지하게 생각하기 시작했다. 그 큰 눈
동자는 무엇인지 아득한 일에 멍청히 사로잡히고 있었
다. 에이브러험 신부는 그녀가 갑자기 진지해진 것을
보니 우스워지기 시작했다. 그렇게 오래도록 앉아 있다
가 그녀는 드디어 입을 열었다.

　"틀렸어요."
하고 그녀는 크게 한숨을 지으며 가까스로 말했다.

　"물레방앗간에 대해서 아무 생각도 떠오르지 않아요.
좀 이상스런 신부님의 그 작은 물레방앗간 교회 같은
것을 저는 한 번도 본일이 없는 것 같아요. 만약 제가
신부님의 딸이었다면 틀림없이 무언가 생각이 났을 거
예요. 그렇죠? 정말 안됐어요, 신부님."

　"나도 안됐다는 생각을 하고 있어."
하고 그는 위로하듯이 말했다.

　"하지만 로즈 양, 아가씨가 내 자식이었다는 것은 기
억해 내지 못하더라도 누군지 다른 사람의 자식이었다
는 것은 기억하고 있을 테지. 물론 양친에 대한 것도
기억하고 있을 테지?"

　"네 잘 기억하고 있어요. 특히 아버지에 대해서는요.

아버지는 신부님하고 전혀 닮지 않았어요. 신부님 저는 그저 약간 제멋대로 말씀드린 것뿐이에요. 이제 푹 쉬셨지요? 오늘 오후에는 연어가 헤엄치고 노는 게 보인다는 연못에 데리고 가주신다고 약속하셨죠? 저는 아직 연어를 보지 못했거든요."

어느 날 오후 늦게 에이브러험 신부는 옛 물레방앗간으로 혼자 갔다. 그는 곧잘 그곳에 가서 걸터앉은 채 길 건너 저쪽 작은 집에서 살았던 시절을 회상했다. 세월은 그의 예리한 슬픔을 덜어 주었고, 이제는 그 당시를 회상하더라도 그렇게까지 고통스럽지는 않았다. 그러나 울적한 9월 오후에 에이브러험 스트롱이 담즈가 매일 노란색 머리카락을 펄럭이면서 달려오던 장소에 걸터앉아 있으면, 그때만은 레이클랜즈 사람들이 항상 그의 얼굴에서 엿볼 수 있었던 그 미소가 그의 얼굴에 나타나지 않았다.

제분공장 사장은 고불고불한 험한 길을 서서히 걸어 올라갔다. 나무가 바로 길섶까지 무성했기 때문에 그는 모자를 손에 쥔 채 나무 그늘로 걸었다. 몇 마리의 다람쥐가 오른쪽 낡은 울타리 위로 즐거운 듯이 뛰놀고 있었다. 메추라기는 밀을 벤 그루터기 속에서 새끼들을 부르고 있었다.

낮게 기운 해가 서쪽으로 펼쳐진 산골짜기로 희미한 황금빛을 퍼뜨리고 있었다. 9월초, 어글레이어가 자취를 감춰 버린 잊을 수 없는 그날이 며칠 뒤로 다가오고 있었다. 칡덩굴에 반쯤 뒤덮인 낡은 상사식 물레방아는 나무 사이로 스며드는 반짝거리는 따사한 햇빛을 받고 있었다. 길 저쪽에 작은 집은 아직 있으나 이번 겨울에 거센 바람이 불어닥치면 어김없이 쓰러질 것이다. 나팔꽃이며 야생 박덩굴이 가득히 덮여 있고 문짝도 꺽쇠 하나로 지탱되고 있었다.

에이브러험 신부는 물레방앗간의 문을 밀고 안으로 살며시 들어섰다. 거기서 그는 이상스러운 듯이 멈춰 섰다. 안에서는 누군가가 애절하게 흐느끼는 소리가 들려 왔던 것이다. 들어가 보니 체스터 양이 벤치에 앉아 두 손에 펼쳐든 편지에 얼굴을 대고 우는 것이었다.

에이브러험 신부는 가까이 다가서서 그의 한 손을 그녀의 손 위에다 얹었다. 그녀는 고개를 쳐들며 희미하게 그의 이름을 부르고는 다시 무엇인지 말하려 했다.

"아냐, 아냐, 로즈 양……."

하고 제분공장 사장은 상냥한 목소리로 말했다.

"지금은 아무 말도 하지 말아요. 마음이 아플 때는 바라는 대로 한동안 우는 게 좋지."

늙은 제분공장 사장은 자기 자신도 큰 슬픔을 체험해 왔으므로 남의 가슴에서 슬픔을 덜어 주는 일에는 아주 능숙했다. 체스터 양의 흐느낌은 차츰 그쳐 가고 있었다. 그녀는 잠시 후에 가장자리에 레이스가 달리지 않

은 작은 손수건을 꺼내서 에이브러험 신부의 큰 손 위
에 떨어진 자신의 눈물을 닦았다. 그리고 얼굴을 쳐들
고는 눈물이 글썽한 채 미소를 띠었다. 체스터 양은 언
제나 눈물이 마르기 전에 미소지을 수 있었다.

그것은 슬픔 속에서도 에이브러험 신부가 미소지을
수 있는 것과 흡사했다. 그 점에 있어서도 그 두 사람
은 매우 닮았다.

제분공장 사장은 그녀에게 아무런 질문도 하지 않았
다. 그러나 체스터 양은 스스로 고백하기 시작했다. 그
것은 어떤 경우이든지 간에 젊은이에게 있어서는 중요
하게 생각되는 것이었으나, 나이 든 사람에게 있어서는
회상의 미소를 자아내게 하는 흔해 빠진 이야기였다.
이렇게 말하면 독자들은 상상하겠으나 그것은 사랑에
대한 이야기이다.

매우 선량한데다가 장점도 많은 청년이 어틀랜터에
살고 있었다. 그 청년은 체스터 양에 대해서 생각하기
를 어틀랜터에 살고 있는 그 어느 아가씨보다도, 아니
그린랜드로부터 파타고니아에 이르기까지 그 어느 고장
에 사는 여자보다도 뛰어난 장점을 갖고 있다고 여기고
있었다. 그녀는 지금 그녀를 울게 만든 그 편지를 에이
브러험 신부에게 보였다. 그 편지는 남자다운 애정이
담긴 것이었으나, 선량함과 장점을 가진 청년들이 곧잘
쓰는 그런 연애 편지라기보다는 다소 과장되고 성급한

점이 드러나는 내용이었다. 그는 지금 당장 결혼하겠노라고 구혼하고 있었다. 그녀가 3주일 간의 여행을 떠난 뒤로 이제 자신은 더 참고 견딜 수 없다는 호소였다. 즉각 회답해 주기 바란다는 간청과 더불어, 만약 호의적인 회답을 해준다면 협궤 철도 따위는 아랑곳없이 당장 레이클랜즈로 달려오겠다는 약속까지 하고 있었다.

"그런데 대체 어떤 어려운 이유라도 있는 거예요?"

편지를 다 읽은 제분공장 사장은 물었다.

"저는 그 사람하고 결혼할 수 없어요."

체스터 양이 대답했다.

"그 사람과 결혼하고 싶은데 말이지?"

하고 에이브러험 신부는 물었다.

"물론이에요. 저는 그 사람을 사랑하고 있어요. 그렇지만……."

하고 그녀는 다시 고개를 숙이며 흐느꼈다.

"이봐요, 로즈 양!"

하고 제분공장 사장은 차분하게 말했다.

"나를 신뢰해 줘요. 나는 이것 저것 캐묻지는 않겠지만 아가씨에게 신뢰받고 있다고 생각하오."

"저는 마음속 깊이 신부님을 신뢰해요."

하고 젊은 아가씨는 말했다.

"제가 어째서 랄프의 구혼을 거절하는지 그 이유를 말씀드릴게요. 저는 하찮은 여자예요. 이름도 없고요.

지금 쓰고 있는 이름은 가명이에요. 랄프는 훌륭한 청년이에요. 저는 마음속으로 랄프를 사랑하고 있어요. 그러나 저는 그 사람의 아내가 될 수가 없어요. ”

“무슨 말이지? 아가씨는 양친을 기억한다고 했는데 어째서 이름이 없다고 하는지 나는 이해가 가지 않는구먼.”

“확실히 양친에 관한 일은 기억하고 있어요.”
하고 체스터 양은 말을 이었다.

“슬플 정도로 잘 기억하고 있어요. 제가 최초로 기억할 수 있는 것은 어딘지 먼 남부 지방에서 살았어요. 우리는 여러번 다른 도시와 주로 옮겨 살았아요. 저는 목화를 따기도 하고 공장에서도 일했어요. 제대로 먹지 못한 때도 있고, 입을 게 없을 때도 가끔 있었어요. 어머니는 때로 인자하게 대해 주셨지만 아버지는 언제나 난폭하셔서 저는 곧잘 매를 맞았어요. 아버지와 어머니는 게으른 사람들이었고 한 곳에 정착하지 못하는 사람들이었어요. 어느 날 밤 어틀랜터 근처의 작은 강변 거리에 살던 때였는데 부모님은 크게 싸우셨어요. 서로가 욕지거리를 하면서 실랑이를 할 때 비로소 저는 알았지요. 아, 에이브러험 신부님, 저는 처음으로 알았어요. 저에게는 아무 권리도 없다는 것을요. 저는 이름마저도 가질 권리가 없었고 누구의 자식인지도 모르는 인간이었어요. 저는 그날 밤에 집을 뛰어나와 버리고 말았어요. 어틀랜터까지 걸어가서 일자리를 찾았어요. 그래서 나 스스로가 로즈 체스터라고 이름을 짓고 그 이후로 줄곧 자활하며 산 거예요. 이만하면 제가 랄프와 결혼할 수 없다는 이유를 아실 테지요? 저는 도저히 그런 사연을 그에게 밝힐 수 없어요."

이런 경우에는 어떤 동정보다는 그녀가 기운을 차리게 하고, 또한 어떤 연민보다도 효과있게 한 것이 바로 에이브러험 신부가 그녀의 슬픔이 무슨 대수로운 것이냐고 할 일이다.

"뭐, 겨우 그런 거야?"
하고 신부는 말했다.

"어리석군. 나는 또 무슨 큰일이 있었나 했지. 이봐요, 로즈 양, 내가 말할 테니 잘 들어요. 그 사람이 사랑하고 있는 것은 아가씨 자신이라구. 지금 내게 말했듯이 그에게 정직하게 고백을 하라구. 그러면 그 사람은 반드시 그런 일쯤 일소에 붙이고 도리어 아가씨를 더욱 사랑하게 될 거야."

"아무래도 저로서는 그에게 고백할 수 없어요."
하고 체스터 양은 슬픈 듯이 말했다.

"저는 그 사람하고는, 아니 다른 누구하고도 결혼하지 않겠어요. 저는 결혼할 권리가 없어요."

그때 햇빛이 비치는 길을 흔들며 다가오는 긴 그림자가 두 사람의 눈에 비쳤다. 그리고 그것과 나란히 또 하나의 짤막한 그림자가 깡충깡충 뛰어오는 것이 보였다. 금세 아무도 알 수 없는 두 사람의 그림자가 교회로 다가섰다.

긴 그림자는 오르간 연습을 하러 온 피브 서머즈 양이었고, 짤막한 것은 열두 살이 되는 토미 디그의 것이었다. 오늘은 토미가 피브 양의 오르간 연주를 위해 공기를 넣어 주는 날이었다. 토미는 자랑스럽게 길바닥의 흙먼지를 걸어차고 있었다.

피브 양은 라일락 꽃가지 무늬의 하늘하늘한 천으로 만든 드레스를 입었으며, 귀 위쪽으로는 단정하게 작은 머리를 늘어뜨리고 있었다. 그녀는 에이브러험 신부를 향해 허리를 굽혀 공손히 인사했고, 체스터 양에게는 가볍게 머리 숙여 예절 바른 인사를 했다. 그로부터 조수인 소년과 같이 가파른 층계로 해서 오르간이 놓인 다락 쪽으로 올라갔다.

아래층의 짙어 가는 저녁 으스름 속에서, 에이브러험 신부와 체스터 양은 아직껏 자리를 뜰 생각조차 안했다. 두 사람은 같이 묵묵히 있었다. 모름지기 저마다 회상에 잠겨 있는 것이었다. 체스터 양은 턱을 괸 채 어딘가 먼 곳에다 시선을 던지고 있었다. 에이브러험 신부는 옆에 있는 벤치 사이에 서서 바깥쪽 길이며 낡아빠진 작은 집을 골똘히 생각에 잠기며 바라보았다.

그러자 금세 주위 풍경이 일변하고는 20년이나 된

지나간 과거로 그를 되돌려 버렸다. 왜냐하면 토미가 펌프질을 하고 있으니 피브 양은 오르간 속에 들어간 공기를 조사하기 위해 오르간의 저음부 건반을 계속 눌렀기 때문이다.

이 작은 목조 건물을 흔드는 커다란 진동음은 에이브러험 신부에게 있어서는 오르간 소리가 아닌, 낮게 울리는 물레방아 소리 같았다. 그는 어김없이 그 옛날의 상사식 물레방아가 돌고 있는 것이라고 여겼다. 그 옛날 산 속에 있던 물레방앗간의 밀가루 범벅의 방앗간 주인으로 되돌아간 느낌이 들었다. 이제 곧 어글레이어가 노란색 곱슬머리를 펄럭이면서 아장아장 길을 건너 마중 올 것이다. 에이브러험 신부의 눈에는 작은 집의 부숴진 문짝이 보이는 듯했다.

그때 또 하나의 이상한 일이 생겼다. 머리 위쪽 다락에는 밀가루 부대가 몇 개인지 긴 줄로 쌓여 있었고, 아마도 쥐가 그 중의 하나를 뚫었는지 세게 울리는 오르간의 진동음으로 인하여 다락의 마룻바닥 틈새로 밀가루가 흘러 떨어져서 에이브러험 신부를 머리로부터 발끝까지 하얗게 만들었다. 그러자 늙은 제분공장 사장은 벤치의 통로로 나아가, 두 손을 흔들며 방앗간 노래를 부르기 시작하는 것이었다.

물레방아 돌아가면

밀가루가 빻아지고
밀가루투성이의 방앗간 주인은 즐겁구나……

바로 그때 나머지 기적이 실현된 것이다. 벤치에서 체스터 양이 일어서면서 밀가루처럼 창백한 얼굴로, 마치 꿈이라도 꾸듯이 크게 눈을 뜨고는 에이브러험 신부를 쳐다보는 것이었다. 그가 노래를 막 시작했을 때 그녀는 그에게 두 팔을 벌렸다. 그리고는 꿈꾸듯 한 말씨로 입을 열었다.

"아빠, 담즈를 집에 데려다 주셔요!"

피브 양은 오르간 저음부의 건반에서 손을 떼었다. 그러나 그녀는 훌륭하게 자기 구실을 한 것이었다. 그녀가 울리고 있던 소리가 막혀 버렸던 기억의 문을 두드려 부숴 준 것이다. 에이브러험 신부는 잃어버렸던 어글레이어를 두 손으로 꽉 껴안았다.

이제 레이클랜즈를 찾는 사람들은 이 이야기를 더욱 자세히 듣게 될 것이다. 이 이야기가 그 뒤 어떻게 발전되었는지, 그리고 또한 9월 어느 날 집없는 집시가 담즈의 귀여운 모습에 마음이 사로잡혀 유괴해 간 그 후의 경위에 대해서 말해 주게 될 것이다.

그러나 자세한 이야기는 '독수리 장'의 나무 그늘 포치에 느긋하게 걸터앉기 전까지는 기다려야 할 것이다. 그리고 난 다음에 여유만만한 기분으로 귀를 기울이는 게 나을 것이다. 내가 맡은 부분의 이야기는 피브 양이 친 오르간의 힘찬 저음이 아직도 조용히 여운지는 동안에 끝마치는 게 나을 성싶다. 그러나 내 생각으로는 이 이야기의 핵심이 되는 장면은 에이브러험 신부와 그의 딸이 노을이 기다랗게 물든, 노을진 길을 기쁨에 넘쳐서 미처 말도 하지 못하고 '독수리 장'으로 되돌아가던 길에 발생했으리라고 여겨진다.

"아버지!"

그녀는 매우 주저하면서 아직도 믿을 수 없다는 듯한 말을 던졌다.

"아버지는 돈을 많이 가지셨나요?"

"돈이 많으냐고?"

제분공장 사장은 다시 되물었다.

"그래. 그것은 해석하기 나름이야. 달님이라든지 아니면 그것과 비슷한 정도의 값진 것을 사겠다고만 안한다면 돈은 많다고 할 수 있을 게다."

"어틀랜터에다 전보를 치려면 요금이 비쌀 테지요?"

언제나 돈 계산이 까다로운 습관을 가진 어글레이어가 다시 물었다.

"그럴 테지."

하고 나직한 목소리로 에이브러험 신부는 말했다.

"랄프에게 오라고 해주고 싶다 그 말이지?"

어글레이어는 상냥한 미소를 지으며 말했다.

"그 사람에게 기다리라고 하고 싶어요. 이제 겨우 저는 아버지를 찾아냈으니 말이에요. 그러니 당분간은 아버지랑 단 둘이서만 지내고 싶어요. 그 사람한테는 얼마 동안 기다리라고 말해 주고 싶군요."

—The Church with an overshot Wheel

황금의 신과 사랑의 신

　'로크월즈 유리카' 비누 회사의 전(前) 공장 주인이며 경영자였던 앤토니 로크월 노인은 5번가의 그의 저택 서재 창으로 밖을 내다보더니 쓴웃음을 지었다. 이웃 오른쪽에 살고 있는 귀족적인 클럽의 회원인 G.반 쉬라이트 서포크 존스가 자기가 대기시킨 자동차 쪽으로 나오며 여느때나 다름없이 비누 회사 저택의 정면 현관에 있는 이탈리아 르네상스 식의 조상(影像)에 대해 콧등에다 주름을 지으며 모멸하는 뜻을 나타냈기 때문이다.

　"건방진 늙은 것이 헛수작을 떨고 있군."
하고 지난날의 비누왕은 혹평했다.

　"정신을 차리지 않으면 당장 에덴 박물관(납인형을 진열한 프랑스의 박물관)이 네 녀석을 네세루로드(19세기 러시아의 유명한 귀족이며 외교관) 대신으로 수용(收容)하고 말 거다. 이번 여름에는 이 집을 적·백·청색(네덜란드 국기의 빛깔)으로 칠을 바꿔 저 네덜란드 놈의 코가 납작해지는 꼴을 보고야 말테다."

　그리고 나서 앤토니 로크월은 서재의 문께에 이르자

그 옛날 캔자스의 대초원에서 허공을 진동시키던 그 우렁찬 목소리로,

"마이크!"

하고 불렀다.

"아들 녀석에게 일러주게."

하고 앤토니는 호출한 하인에게 말했다.

"그 녀석이 나가기 전에 내 방에 들르라고."

로크월 청년이 서재에 들어서자 노인은 신문을 옆에 놓고 수염이 없는 붉은 얼굴로 애정이 깃든 엄격성을 띠고는 그를 바라보며 하얗게 센 머리를 긁적거렸다. 그러고 다른 한 손으로는 열쇠 꾸러미를 달그락거리는 것이었다.

"리처드야!"

하고 앤토니 로크월은 말했다.

"네가 쓰고 있는 비누값이 얼마인지 아냐?"

대학을 졸업한 지 이제 겨우 6개월이 된 리처드는 약간 허를 찔렸다. 그는 지금껏 아버지의 성미를 파악하고 있지 못했다. 처음으로 파티에 참석한 어린 아가씨처럼 모든 게 뜻밖의 일뿐이었던 것이다.

"한 타에 6달러예요, 아버지."

"그럼 양복은?"

"보통 60달러 정도로 알고 있는데요."

"너는 신사란 말이다."

하고 앤토니는 다부진 말투로 입을 열었다.

"요즘 위세가 당당한 젊은애들은 비누 한 타에 24달러짜리를 쓰고, 옷은 1백 달러 이상 나가는 것을 입는다고 들었다. 너는 그런 녀석들에게 못지않은 돈을 갖고 있으면서도 도리어 검소하게 지내는구나. 더구나 나로 말하더라도 옛부터 우리집에서 만드는 유리카 비누를 쓰고 있단다. 그건 어디까지나 내 집 비누라서가 아니라 그것이 가장 순수한 비누이기 때문이다. 한 개에 10센트짜리 정도의 비누는 향료와 상표가 형편없는 게 뻔해. 네 나이 또래에서 너만한 신분과 지위를 가진 젊은이는 말이다 한 개에 50센트짜리가 적당하다. 지금도 말했거니와 너는 어엿한 신사다. 신사를 만드는 데에는 3대가 걸린다고 했지만 그것은 잘못이야. 비누의 지방질과 마찬가지로 돈이 신사를 만드는 것이란다. 너를 신사로 만든 것도 돈이야. 암 그렇지! 돈 때문에 나도 신사가 될 뻔했어. 나는 우리집 양쪽에 사는 저 두 늙은 니커보커(네덜란드계의 뉴욕 시민) 신사 녀석들에게 지지 않을 만큼 거칠고 고약하고 사귀기가 힘든 존재지만, 그 녀석들 틈 사이에다가 이렇게 집을 샀기 때문에 그 두 녀석은 배가 아파서 밤잠도 제대로 못 잔다는 것을 알겠니."

"돈으로 사지 못하는 것도 있단 말이에요."

하고 로크월 청년은 약간 우울한 말투로 말했다.

"어리석은 소리는 그만해 둬."
하고 앤토니 노인은 놀란 듯이 말했다.
"내가 돈을 벌 수 있었던 것은 역시 돈 때문이야. 돈을 주고 살 수 없는 게 있나 해서 백과사전의 Y자 항목까지 깡그리 훑어보았어. 내주에는 백과사전 증보판까지 들쳐 보기로 마음먹고 있단다. 무엇이 적이 되든지 간에 돈이 내 편이야. 돈으로 살 수 없다는 게 있다면 어디 말해 봐라."
"우선 먼저 말이죠."
하고 리처드는 겸연쩍게 말했다.
"상류 사회 사교계에 진출하려면 돈으로 자격을 살 수가 없어요."
"뭐야? 돈으로 살 수가 없다고?"
하고 금권 옹호자는 소리를 질렀다.
"만약 초대 애스터(1763~1848. 미국의 자본가로서 피혁 상인. 1783년에 미국에 건너갔으며 유산 35만 달러를 뉴욕 공공도서관 창설에 기부했다)가 대서양을 건너가는 3등 뱃삯을 갖고 있지 않았다면 어땠겠냐? 네가 말하는 상류 사회의 사교계 따위는 존재하지 못했을 게 아니냐."
리처드는 한숨을 지었다.
"내가 말하고자 하는 것은 바로 그 점이지."
하고 노인은 전보다 좀 조용한 목소리로 말했다.

"너를 부른 것도 그 때문이야. 너는 어딘지 이상이 생긴 곳이 있는 게 아니니? 2주일쯤 전부터 그렇지 않은가 여기고 있었다. 어서 말해 보렴. 나는 부동산 말고도 24시간 이내에 1천만 달러를 손에 쥘 수 있어. 네가 간장(옛날에는 사랑과 용기의 샘으로 비유했다)병이라도 생겼다면, 지금 램블러 호가 석탄을 싣고 이틀 뒤에는 바하마 제도(諸島)로 출항할 준비를 갖추고 항내에 정박하고 있으니 그걸 타도록 해라."

"아버지, 전혀 터무니없는 말씀은 아니세요. 맞다고도 할 수 없고 틀리다고도 말할 수 없군요."

"그래?"

하고 앤토니는 재빠르게 말했다.

"그러면 그 아가씨의 이름은 뭐냐?"

리처드는 서재의 마룻바닥을 왔다갔다하기 시작했다. 이 아둔한 노인에게도 자식의 신뢰를 받을 만한 육친의 정은 있었다.

"왜 그 아가씨에게 청혼을 하지 않니?"

하고 앤토니 노인은 물었다.

"너 같으면 상대방에서도 달려들 텐데 말이다. 아, 돈 있겠다, 남자답고 게다가 점잖은 젊은이니 말이다. 유리카 비누는 쓰지 않으니 손도 말쑥하겠다……대학에도 다녔으나 아가씨한테는 그런 것 따위는 아무래도 상관없을 테고."

"끝내 기회가 없었어요."

하고 리처드는 말했다.

"기회는 만들어야지."

하고 앤토니가 말했다.

"공원으로 산책하자고 권유하든지 마차를 타고 멀리 가보자고 하든지, 교회에서 돌아오는 길에 집까지 바래다주는 게야. 기회라니, 정말 너는 어리석구나."

"아버지는 사교계라고 하는 물레방아를 모르고 계세요. 그 아가씨는 물레방아를 돌리고 있는 물줄기의 일부예요. 그 여자의 시간은 한 시간, 아니 단 1분까지도 벌써 며칠 전부터 이미 예정이 짜여 있어요. 그렇지만 저는 어떻게 하든지 그 아가씨와 결혼하고 싶어요, 아버지. 그렇지 않다면 이 도시는 영원한 시궁창일 따름이에요. 하지만 편지로는 그런 것을 쓰지 않겠어요. 저는 그렇게 못해요."

"쳇!"

하고 노인은 혀를 찼다.

"내가 가진 전재산을 갖고도 그 아가씨를 한 시간이나 두 시간 동안 네것으로 만들지 못한다 그런 말이냐?"

"우물쭈물하고 있는 동안에 기회를 놓쳤어요. 그 여자는 모래 정오에 2년간 체류 예정으로 유럽으로 출항한대요. 둘이서 만날 수 있는 것은 내일 밤, 겨우 그것도 4,5분 정도예요. 지금 그녀는 리치먼드의 백모님 댁에 머물고 있지만 저는 그곳으로 갈 수가 없어요. 그렇지만 내일 밤 8시 30분 기차로 그랜드 센트럴 정거장에 도착하는 그녀를 마차로 마중가기로 허락을 받았어요. 우리는 브로드웨이를 마차로 달려서 극장에 가는데요 그곳에서 그 여자의 어머니며 같은 좌석의 사람들이 우리를 기다리게 되어 있어요. 그런 형편에 처한 7분이나 8분 동안에 그 여자가 저의 사랑의 고백에 귀를 기울이리라고 여길 수 있나요? 틀렸지요. 더구나 극장 관극이다. 그 뒤에 무슨 기회가 있겠어요? 전혀 없어요, 아버지. 그것이야말로 아버지의 돈으로도 해결할 수 없는 일이에요. 돈으로는 1분이라는 시간도 살 수가 없어요. 만약 살 수 있다면 부자는 영생할 수 있겠죠. 이제 와서는 출항하기 전에 랜트리 양하고 이야기를 나눌 가망성이 전혀 없어요."

"알겠다, 리처드."

하고 앤토니 노인은 여유만만하게 말했다.

"자, 그럼 클럽에라도 갔다가 오렴. 간장병이 아니라서 다행이다. 허지만 때로는 사원에 가서 재물신에게 분향하는 것도 잊지 말아라. 너는 돈으로 시간을 못 산다고 했지? 하기야 물론 어떤 돈을 내놓더라도 무한한 시간을 종이에다 포장해서 집에 배달해 달라는 주문을 할 수 없어. 그러나 나는 시간을 지배하는 신이 금광

속에 돌아다니다가 돌멩이에 발뒤꿈치를 얻어맞고 큰 부상을 당한 것을 본 일이 있단다.”

그날 밤에 자상하고 눈물이 많으며, 주름투성이에다 한숨이 잦고 지금 당장에라도 돈더미에 짓눌리게 된 고모가 석간을 읽고 있는 오빠인 앤토니 노인을 찾아왔다. 그래서 두 사람은 젊은 로쿠월의 가슴에 담긴 사랑의 고민에 대한 얘기를 시작했다.

“그 얘기는 그 녀석한테 전부 들었지.”

하고 앤토니는 하품을 하면서 입을 열었다.

“그래서 나는 은행에 있는 예금을 모두 그애한테 내놓겠다고 했어. 그랬더니 그애는 돈에 대해 막 공격을 퍼붓더라. 돈 따위는 쓸데없다는 둥, 그뿐 아니고 사교계의 위엄 있는 규율은 억만장자 열 사람이 돈의 힘으로 끌어당겨도 한 야드도 움직일 수 없노라고 제멋대로 떠들더구나.”

“하긴 그래요, 오라버니.”

하고 엘렌 고모는 한숨지었다.

“오라버니는, 돈을 절대시하진 마세요. 진실한 인간관계에 있어서 제물이란 것은요 아무 상관도 없어요. 사람은 무엇보다도 강하니까요. 그애가 미리 좀 애기를 했더라면 좋았을 걸 그랬군요. 그 여자애는 우리 리처드를 싫다고 하지는 않을 거예요. 그렇지만 이제는 때가 늦었나 보군요. 리처드가 그 여자애한테 이야기를 할 시간이 없지 않겠어요. 오라버니가 황금 덩어리를 모두 내놓더라도 그애의 행복은 사주지 못할 거예요.”

이튿날 저녁 8시에 엘렌 고모는 좀이 먹은 상자를 뒤적거리더니 그 속에서 골동품 같은 금반지를 하나 꺼내서 리처드에게 내주면서 말했다.

“리처드, 오늘밤에 이 반지를 끼고 가거라. 네 엄마가 나에게 준 거였어. 네 엄마 말로는 사랑의 행운을 이 반지가 가져온다고 했어. 그러니 네가 사랑하는 사람을 만났을 때 너에게 전해 주라고 나에게 맡겼었단다.”

젊은 로크월은 엄숙한 표정으로 그 반지를 자기의 새끼손가락에 끼려 했다. 그러나 반지는 두번째 손가락 마디까지 들어가서 움직이지 않았다.

그는 반지를 다시 빼가지고 남자들이 흔히 그러듯이 조끼 주머니에 넣었다. 그런 다음 전화로 마차를 불렀다.

8시 32분에 정거장의 웅성거리는 군중들 속에서 랜트리 양을 찾아내었다.

“어머니하고 딴 분들을 기다리게 해서는 안 돼요.”
하고 그녀는 말했다.

“최대한 빨리 월렉 극장까지 마차를 모시오!”
하고 리처드는 말했다. 충실한 노릇이었다.

마차는 42번가를 브로드웨이로 향해서 질주했고, 그 때부터 저녁 노을이 은은한 목장으로부터 아침 해가 솟

는 바위 언덕으로 통하는 흰 별이 반짝이는 좁은 길을
곧바로 달려갔다.

34번가에 이르렀을 때, 리처드 청년은 당황해서 위
로 밀어젖히는 문을 열어서 마부에게 정지하라고 명령
했다.

"반지를 떨어뜨렸어요."

그는 밖으로 나가면서 그렇게 말했다.

"어머니가 물려주신 것이라 잃어버려서는 안 되지요.
1분 이상 걸리지는 않을 거예요. 떨어뜨린 장소를 알고
있으니까요."

1분이 지나기 전에 그는 반지를 가지고 마차 안으로
돌아왔다.

그런데 그 1분 사이에 전차가 마차 한가운데로 막아
서 버렸다. 마부는 왼쪽으로 빠져나가려고 했으나 짐을
가득 실은 배달차가 앞을 막아 버렸다. 오른쪽으로 빠
져나가려고 하니 가구 운반차가 있어서 다시 뒤로 물러
서지 않으면 안 되었다. 이번엔 말고삐를 떨어뜨리자
마부는 욕을 퍼부어댔다. 수레와 말과 이제는 이중 삼
중의 겹겹의 혼란 속에 갇히고 말았다.

대도시에서는 갑자기 발생하는 일로서 교역이나, 마
차의 왕래를 멈춰 서게 하는 노상의 봉쇄가 발생된 것
이다.

"왜 마차를 몰지 않아요?"

하고 랜트리 양이 화를 내며 말했다.

"늦고 말겠어요."

리처드는 마차 속에서 일어서서 주위를 살펴보았다. 브로드웨이의 6번가와 34번가가 교차되고 있는 넓은 터전에는 흡사 가슴둘레가 26인치인 아가씨가 22인치짜리 콜셋으로 몸을 죄어맨 것처럼 짐마차와 트럭, 승용 마차, 짐차, 시내 전차들이 뒤섞여 얼킨 상태였다. 더구나 수레의 무리는 모든 샛길에서 집합 지점을 향해서 전속력으로 덜컥덜컥 소리를 내며 쇄도해서 붐비는 군중과 봉쇄된 차량들 사이를 누비며 들어왔다. 마부와 운전수들은 이 수라장 속에서 아우성을 쳐서 혼란은 극도에 달한 상태였다. 맨해튼의 모든 교통 기관이 그들 주위를 둘러싼 것처럼 여겨졌다. 보도에 서서 구경하고 있던 수천의 뉴욕 시민들 중 최연장자일지라도 일찍이 이런 대규모의 교통 체증은 목격한 일이 없었다.

"정말 미안합니다."

하고 리처드는 좌석에 앉으면서 말했다.

"하지만 갇혀 있을 수밖에 없군요. 한 시간 정도로는 이 혼란이 풀릴 것 같지 않군요. 제 잘못입니다. 제가 반지를 떨어뜨리지 않았더라면, 우리는……"

"그 반지 좀 보여주세요."

하고 랜트리 양이 말했다.

"어쩔 수 없는걸요 뭐, 상관 없어요. 어차피 연극 따위는 시시한걸요 뭐."

그날 밤 11시에 누군가가 앤토니 로크월의 방문을 노크했다.

"들어오게."

하고 앤토니는 말했는데 그는 붉은 실내복을 입고 해적의 모험 소설을 읽고 있었다.

그 누군가는 엘렌 고모였다. 그런데 그녀는 어떤 잘못으로 지상에 남게 된 백발의 천사와 같은 표정이었다.

"둘은 약혼했어요, 오라버니."

하고 그녀는 조용히 말했다.

"아가씨가 리처드하고 결혼 약속을 했어요. 극장 안으로 가는 도중에 길이 막혀서 둘이 탄 마차가 그곳을 빠져 나가는데 두 시간이나 걸렸대요. 그러니까 오라버니, 두 번 다시는 돈의 힘 따위는 자랑하지 마세요. 참다운 사랑은 작은 표시……돈과는 인연이 없는 영원한 사랑을 상징하는 작은 반지……그것이 우리 리처드가 행복을 발견한 원인이었어요. 리처드가 길에다 반지를 떨어뜨려서 그걸 주우려고 마차에서 내렸어요. 그래서 앞으로 달리기 바로 전에 그런 교통 봉쇄가 생긴 거예요. 마차가 사방에서 둘러싸고 있던 동안에 리처드는 사랑을 고백하고 그 자리에서 사랑을 쟁취한 것이지요. 참다운 사랑 앞에서는 돈 따위는 보잘것없는 거예요,

오라버니."

"알겠어."

하고 앤토니 노인은 말했다.

"아들 녀석이 바라던 것을 이루었으니 기쁘구먼. 그런 일에는 돈이 얼마가 들어도 좋다고 했단다. 만약에……."

"그렇지만 오라버니, 오라버니의 돈으로 대체 무엇이 이루어졌다는 말씀이지요?"

"얘야."

하고 앤토니 로크월은 말했다.

"지금 읽고 있는 책의 해적은 어려운 곤경에 빠져 있어. 이 배는 구멍이 나서 곧 침몰하게 되어 있다구. 하지만 그 녀석은 돈의 가치를 충분히 알고 있어서 쉽사리 익사하지는 않을 거야. 부탁이니 이 장(章)을 계속해서 읽게 해줘."

이야기는 여기서 끝을 맺는다. 독자인 여러분도 마찬가지로 마음속으로 동감하기를 나는 바란다. 하지만 진실을 추구하기 위해서는 우물 밑바닥까지 뒤지지 않으면 안 된다.

그 이튿날, 손이 벌겋고 파란색 물방울 무늬의 넥타이를 맨 켈리라는 인물이 앤토니 로크월의 저택을 방문하자 곧 서재로 안내되었다.

"그런데 말이지……."

하고 앤토니는 수표장으로 손을 뻗치면서 말했다.

"일은 잘된 것 같군. 그런데 현금 5천 달러를 주지 않았겠나."

"제 돈이 3백 달러나 더 들었답니다."
하고 켈리는 말했다.

"예산이 초과된 거지요. 배달차랑 승용 마차는 대체로 5달러로 성립이 됐지만, 트럭과 쌍두마차는 10달러까지나 나갔어요. 전차 운전수도 10달러를 달라고 했고 화물차 운전수 중에는 20달러를 내라는 녀석도 있었어요. 경찰이 제일 애를 먹었는데 50달러를 두 사람한테 주었어요. 나머지는 20달러와 25달러였고요. 그렇지만 제대로 척 들어맞지 않았나요, 로크월 어른. 윌리엄 A. 블래디(1863~1950, 미국의 연출가. 1915~20년에 걸쳐 영화 산업 전국 조직의 총재였다)가 그런 가두의 마차 소동 장면을 알아차리지 못한 것은 다행이었어요. 그 녀석이 지나치게 탐이 난 나머지 심장 파열을 일으키면 어쩌나 하고 걱정했어요. 다시는 이 짓을 안하겠어요. 그녀석들로 말하자면 1분 1초도 어김없이 시간을 맞춰 주었어요. 두 시간 동안이나 그릴리(1811~72. 미국 공화당 창설자)의 동상 밑에서부터 뱀 한 마리도 몰아낼 수는 없었지요."

"1천 3백 달러……이봐, 켈리!"
앤토니는 수표를 떼어 주면서 말했다.

"네 몫에다 손해 난 3백 달러야. 너는 돈을 경멸할 리는 없을 테지, 켈리."

"제가요?"
하고 켈리는 말했다.

"가난을 발명한 놈을 때려누이고 싶군요."

켈리가 문 쪽에 다다르자 앤토니는 그를 불러 세웠다.

"자네는 알아차리지 못했나?"
하고 그는 말했다.

"교통 혼잡이 일어났을 때 벌거벗은 뚱보 소년(큐피트)이 열심히 활에다 화살을 재가지고 쏘던 것을 말야."

"네, 보다니요?"
하고 켈리는 어리둥절한 표정으로 말했다.

"알지 못했는데요. 말씀하시는 것 같은 것을 알았다면 제가 거기 도착하기 전에 경찰 나리가 붙잡아 갔게요."

"나도 그런 악동이 나타나리라고는 생각지 않았다네."
하고 앤토니는 킬킬 웃었다.

"수고했어, 켈리."

—Mammon and the Archer

하그레이브스의 1인2역

　모빌 시(앨라배마 주 남서부의 항구도시) 출신의 펜돌튼 톨봇 소령과 그의 딸 리디어 톨봇이 워싱턴으로 이사했을 때, 둘이는 시내에서도 가장 한적한 한 거리로부터 50야드 구석진 곳에 있는 어떤 집에 자리를 잡았다. 그 집은 고풍스러운 벽돌집으로서 높고도 새하얀 기둥으로 버티게 한 현관이 있는 건물이었다.

　뜰에는 당당한 쥐엄나무와 느릅나무가 그늘을 지우고 또 오얏나무는 제철이 되면 분홍빛이 섞인 흰 꽃을 잔디 위에 비처럼 뿌렸다. 키가 큰 버드나무가 몇 줄로 줄지어서 담장이나 보도를 따라 서 있었다. 톨봇 부녀의 눈을 기쁘게 해준 것은 이런 남부 풍의 양식과 전망이었다.

　이 쾌적한 하숙집에다 부녀는 방 몇 개를 빌렸으나 그 중에는 톨봇 소령의 서재도 들어 있다. 왜냐하면 그는 현재 ≪앨라배마 주의 군인, 재판관, 변호사의 일화와 회고록≫이라는 저서에다 결론 부분 되는 몇 장을 첨가시키고 있었기 때문이다.

톨봇 소령은 늙은 남부 출신이었다. 그의 눈으로 치자면 현대에 대해서는 흥미를 느끼지도 못했고 탁월하게 여기는 것도 없었다. 그의 마음은 남북전쟁 이전의 시대에 살고 있었다. 그 무렵 톨봇 가문은 수천 에이커의 훌륭한 목화밭과 그것을 경작하는 노예를 거느렸다. 또한 그 당시의 저택은 왕후와도 같은 향응의 터전이었고, 남부의 상류 계급 중에서 손님을 초대했다. 그러한 시대의 옛 자랑과 명예를 중시하는 마음과 시대에 뒤떨어진 완고한 예절과(추측을 할 수 있겠지만) 구석 옷가지들을 모두 갖추고 오기에 이르렀다.

그러한 옷가지는 요 50년 동안에는 만들어진 일이 없을 성싶었다. 소령은 키는 컸으나 그가 인사라고 일컫는 그 놀랄 만한 고풍스런 절을 하면 그의 프록코트 옷자락은 으레 마룻바닥에 깔리게 마련이었다. 그만큼 긴 윗도리를 보면 남부 출신 국회의원이 프록코트나 차양이 큰 모자를 사용하지 않은 지 이미 오래인 워싱턴 사람들까지도 깜짝 놀라게 했다.

하숙인의 한 사람은 그것을 가리켜 파더 하버드(옷자락이 길어서 너풀대는 부인용 가운을 가리켜 마더 하버드라고 한다)라고 말했는데, 그것은 허리 선이 높고 옷자락이 너풀거렸다.

그러나 소령은 그런 기묘한 옷을 입고 가슴팍이 넓게 벌어진 주름잡힌 와이셔츠와 언제나 매듭이 한쪽으로 기울어 있는 작고 검은 넥타이를 매고 있었지만, 바디 먼 부인의 이 고급 하숙에서는 미소로 맞이해 주고 호의를 베풀었다. 백화점의 젊은 점원 중에는 그들이 쓰는 말투지만 종종 '걸어 본다'라고 말하는 화법을 써서, 소령이 가장 즐기는 화제인 사랑하는 남부의 전통이며 역사에 대해 소령이 말하도록 했다. 이야기를 하는 동안에 소령은 ≪일화와 회상록≫으로부터 마음 내키는 대로 인용했다. 그러나 점원들은 자기네들의 의도를 알아차리지 않도록 충분한 대비를 했다. 왜냐하면 68세라는 나이에도 불구하고, 소령이 찌르는 듯한 잿빛 눈으로 응시한다면 그들 중에서 가장 뻔뻔스러운 사람조차 기분이 상했기 때문이다.

리디어 양은 35세의 통통한 작은 체구의 올드 미스였으나 머리를 곱살하게 빗어서 따올린 탓에 나이보다 더 들어 보였다. 그녀도 또한 고풍스러웠다. 그러나 남북전쟁 이전의 영광이 소령으로부터 번뜩이며 나타나는 만큼 그녀에게서는 발산되지 않았다. 그녀는 근검 절약의 상식을 갖추고 있었다. 그러므로 집안의 경제권을 쥐고 계산서를 가지고 오는 사람과 만나는 것은 그녀였다.

소령은 하숙집 계산서나 세탁소의 계산서 따위는 짜증스럽고 귀찮은 일로 여기고 있었다. 그런 것은 실로 끈덕지게 빈번히 들이닥쳤다. 그러한 것들은 철을 해두고 언젠가 형편이 좋아질 때, 이를테면 ≪일화와 회상록≫이 출판되어 인세가 지불되었을 때 일괄해서 지불할 수 없느냐고 소령은 물었다. 리디어 양은 조용히 뜨개질을 계속하면서 말했다.

"돈이 있는 동안은 지금처럼 지불해 주세요. 그 다음에는 아마도 일괄해 지불해 줄 때까지 참아 달라고 하지 않을 수 없겠지요."

바디먼 부인의 하숙인들은 거의 대부분이 백화점에 근무하는 사람들이었으므로 대부분 낮 동안은 집을 비웠으나 그 중에 한 사람은 아침부터 밤까지 거의 집에 틀어박혀 있는 사람이 있었다. 이 남자는 헨리 홉킨즈 하그레이브스라는 젊은이로서—누구나 이 집안 사람들은 그의 성명을 모두 함께 불렀다—어떤 대중적인 소품 연극을 하는 극장에 출연하고 있었다. 그 극장은 몇 년 동안에 훌륭한 수준에까지 올라 있었고, 또한 하그레이브스도 매우 겸허하고 예의 바른 인물이었기 때문에 바디먼 부인도 하숙인 명부에다 그의 이름을 얹는데 이의가 있을 수 없었다.

하그레이브스는 극장에서 독일인, 아일랜드인, 스웨덴인, 흑인 등 분야가 넓은 레퍼터리의 소유자로서 사투리를 자유자재로 구사하는 만능적인 희극 배우로 알려져 있었다. 그러나 하그레이브스는 야심가로서 본격 희극에 출연해서 성공하겠다는 대망을 곧잘 말했다.

이 청년은 톨봇 소령을 매우 좋아하는 것처럼 여겨졌다. 바로 그 신사가 남부의 추억을 이야기하기 시작하거나, 일화들 중에서도 가장 생기 있는 어떤 이야기를 몇 가지 반복해서 말하기 시작할 때면 어김없이 하그레이브스의 모습을 살필 수 있는데 그는 청취자들 중에서도 가장 열성적인 청취자였다.

얼마 동안 소령은 뒷전에서 그를 '광대'라고 불렀고, 그 청년이 자기에게 접근하는 것을 막으려는 태도를 보이기도 했으나 멀지 않아 청년의 호의적인 태도와 노신사의 이야기에 대한 의심할 여지 없는 이해가 그의 마음을 완전히 바꿔 놓았다.

금세 두 사람은 친구 사이가 되었다. 소령은 매일 오후 시간을 잡아서 그의 원고를 청년에게 읽어서 들려주었다. 일화를 들으면서 하그레이브스는 이야기가 무르익는 대목에서는 어김없이 웃어 주었다. 이런 것에 소령도 마음이 움직여, 어느 날 리디어 양에게 하그레이브스 청년은 옛 제도에 대해서 손색없는 인식을 갖고 있고, 자기의 뜻을 파악하며 존경심을 갖고 있노라고 단언했다. 그래서 그러한 옛날 이야기에 이르면—톨봇 소령이 이야기에 한창 열중할 때는—하그레이브스 청년은 황홀하게 청취하는 것이었다.

옛 이야기를 즐기는 대부분의 노인에게 뒤질세라, 소령은 세세하게 긴 이야기를 즐겨했다. 옛 농장 주인들의 화려하고 왕후와도 같은 나날을 묘사할 때는, 그의 말고삐를 잡아주던 흑인의 이름이나 사소한 일이 일어났던 정확한 날짜라든가, 어느 해에 수확했던 면화의 고리짝 수효의 생각이 떠오르기까지는 이야기를 진전시키지 않았다. 그렇지만 하그레이브스는 결코 지루해 흥미를 잃지는 않았다.

그 반대로 그는 그 당시의 생활에 뒤얽힌 여러 가지 화제에 대해서 질문을 던지고, 반드시 즉석에서 해답을 들었다.

여우 사냥, 독 안에 든 쥐 요리, 흑인 숙소에서의 무도회, 초대장이 50마일 일대에 걸쳐 발부된 농장 주인의 저택에서 열리는 향연, 근처 대지주들과의 이따금의 불화, 뒷날 남부 캐롤라이나 주의 스웨이트라는 남자와 결혼한 키티 철머즈 때문에 레스본 캘버트슨과 소령이 결투했던 일, 또는 모빌 만에서 불법적인 내기 돈을 걸고 행했던 비밀 요트 경기, 늙은 노예들의 기묘한 신앙, 앞으로 내다보지 않는 낭비벽과 충성심 등의 화제가 모두 다 소령과 하그레이브스를 한 번에 몇 시간씩 열중시켰다.

때로는 밤중에 청년이 극장에서 공연을 마치고 계단을 올라와 방으로 들어갈 때 소령은 서재 입구에 모습을 나타내고 그에게 어서 오라고 손짓해 부르는 것이었다. 하그레이브스가 안에 들어가 보면 작은 식탁에는 주둥이가 가느다란 포도주병과 설탕 단지, 과실, 신선한 초록색 박하 따위가 놓여 있었다.

"문득 생각이 나서 말이지."

소령은 이런 식으로 서두를 끄집어 냈다, 그는 언제나 과장을 했다.

"아마도 당신의 그……장직……일은 사뭇 힘이 든다고 여기겠네만, 하그레이브스 군, 그 시인이 '피로를 자연스럽게 풀어 주는 회복제'라고 쓴 것이 생각이 났네. 즉 그렇다면 시인이 생각해냈던 것……즉, 우리 남부의 청량주를 좀 자네가 맛볼 수 있을 테지."

소령이 그것을 만드는 것을 보는 일은 매우 재미있었다. 칵테일을 하는 소령의 솜씨는 예술가나 다름없고, 그 수순(手順)이나 치수의 착오가 없었다. 박하를 짓이기는 멋진 솜씨, 혼합물을 잴 때의 절묘한 정밀성, 짙은 초록색의 그릇에 비치는 진홍빛의 과실을 칵테일의 꼭대기에다 얹을 때의 세심한 주의, 다음에 잘 음미해서 선택한 밀짚대의 스트로를 얼음으로 시원한 소리를 내며 유리잔에 깊이 꽂고는 그것을 권할 때의 은근하고 우아스러운 태도 등…….

워싱턴에 이사한 지 4개월쯤 지난 어느 날 아침, 리디어 양은 자기네가 거의 무일푼이라는 사실을 발견했다. 《일화와 회고록》은 완성되어 있었으나 출판사 중에는 이 앨라배마의 양식(良識)과 기지의 주옥편에 달려드는 사람이 없었다. 그들이 모빌에 갖고 있는 작은 집의 집세는 아직 두 달치나 오지 않았다. 그 달의 하숙비는 사흘 뒤에 내주지 않으면 안 되었다. 리디어 양은 아버지에게 의논했다.

"뭐, 돈이 없다고?"
하고 그는 놀란 표정으로 말했다.

"그런 푼돈을 가지고 그렇게 자주 말을 끄집어내니 이거 귀찮아서 견딜 수 없구나. 정말 나는……."

소령은 호주머니를 뒤져보았다. 나타난 것은 2달러짜리 지폐 한 장, 그는 그것을 조끼 호주머니에 다시 넣었다.

"그럼 곧 조치를 취해야겠구나, 리디어."
하고 그는 말했다.

"미안하지만 우산을 갖다다오. 곧 거리에 갔다 오마. 우리 고장 출신의 국회의원인 프럼 장군이 빠른 시일 안에 내 책이 출판되도록 힘써 주겠다고 며칠 전에 약속했다. 지금 곧 장군의 호텔에 찾아가서 어떻게 조치했는지 알아보고 와야겠구나."

아버지가 그 '파더 하버드'의 단추를 채우고 나가는 것을 리디어 양은 슬픈 미소를 지으며 지켜보았다. 아버지는 언제나 문간에 멈춰 서면 정중하게 인사했다.

그날 밤, 어두워져서 소령이 돌아왔다. 프럼 의원은 소령의 원고를 읽기 위해 맡겼던 출판업자를 만난 것 같았다. 그 사람은 그 책의 구석구석에 얽어진 지방적·계급적 편견을 제거시키기 위해서 일화와 그 밖의 것을 반쯤 조심스럽게 삭제한다면 출판해 줄 수 있다고 말한 것이었다.

소령은 격분했다. 그러나 리디어 양 앞에 나타나자, 정중한 태도로 여느때나 다름없는 평정을 되찾았다.

"아무래도 돈이 필요해요."

리디어 양은 이마에 잔주름을 지으며 말했다.

"그 2달러를 주세요. 오늘밤에 랄프 숙부님한테 전보를 쳐서 얼마쯤 보내 달라고 하겠어요."

소령은 조끼 호주머니에서 작은 봉투를 꺼내서 그것을 테이블 위에다 얹었다.

"좀 무분별했는지 모르겠구나."
하고 그는 부드럽게 말했다.

"아주 값이 싸기 때문에 오늘밤 극장표를 샀단다. 리디어, 신작(新作)의 전쟁물이란다. 워싱턴에서 초연(初演)을 관람한다면 너도 기뻐하리라고 여겼단다. 이 연극에서는 남부가 공평한 취급을 받고 있는 모양이야. 솔직하게 말해서 나도 이 연극이 보고 싶었어."

리디어 양은 말없이 절망하여 두 손을 쳐들었다.

그렇다고 하지만, 어차피 산 표라면 써버리는 게 나을 것이다. 그래서 그날 밤 극장 좌석에 앉아서 명랑한 전주곡을 듣고 있자니 리디어 양조차도 가정의 근심거

리는 잠시 다음 일로 미뤄 둘 생각이 들었다. 소령은
티 한 점 없는 린넬 와이셔츠에 단정하게 단추를 채운
부분만이 나타나 있는 색다른 프록코트를 입고, 백발을
잘 빗은 부분은 매우 훌륭하게 한결 두드러져 보였다.
막이 올라가자 〈목련꽃〉의 제1막이었고, 남부의 전형적
인 농장 풍경이 나타났다. 톨봇 소령은 매우 흥미로워
했다.

"어머 이것 보세요!"
하고 리디어 양은 소령의 팔을 가볍게 찌르자, 손에 쥔
프로그램을 가리켰다.

소령은 안경을 쓰자 딸이 가리키는 배역의 대목을 읽
었다.

"육군 대령 웹스터 캘픈……H. 홉킨즈 하그레이브
스."

"우리집 하그레이브스 씨예요."
하고 리디어 양이 말했다.

"어김없이 그분이 말하던 '본격 연극'에 처음 출연한
거예요. 그분에겐 매우 기쁜 일이겠네요."

2막이 되어서 겨우 웹스터 캘픈 대령이 등장했다. 그
가 등장하자 톨봇 소령은 주위는 아랑곳도 없이 '흥!'
하고 콧소리를 내고는 그를 노려보고, 잔뜩 굳은 표정
이 됐다. 리디어 양은 나지막하게 애매한 입소리를 내
더니 프로그램을 손으로 구겨 버렸다.

왜냐 하면 캘픈 대령이 톨봇 소령과 거의 흡사한 분장을 했기 때문이다. 끝 쪽이 곱슬곱슬한 길고도 엷은 백발, 귀족적인 갈고랑이 모양의 코, 주름잡힌 폭 넓은 와이셔츠의 가슴팍, 매듭이 한쪽 귀밑까지 처지게 맨 넥타이는 그대로 그를 닮은 모습이었다. 이런 모방을 결정적으로 한 것은 모름지기 이 세상에 둘도 없는 것처럼 보이는 소령의 프록코트와 똑같은 것을 그는 입고 있었던 것이다. 칼라는 높고 너풀너풀하는 허리 선이 넓은데다가 앞쪽이 뒤쪽보다 1피트나 길게 늘어진 긴 윗도리는 다른 어떤 견본을 가지고도 만들 수 없는 것이었다. 그때부터 소령과 리디어 양은 정신이 빠진 것처럼 좌석에 앉은 채 거만한 가짜 톨봇이, 나중에 소령의 표현에 따르자면 '부패한 무대의 시궁창 속에 질질 끌려다녔어.' 하는 식의 연기를 바라본 것이었다.

하그레이브스 청년은 그가 포착한 기회를 능숙하게 이용한 것이었다. 그는 소령의 화술이며 사투리, 사소한 억양의 특징, 거기에다 소령의 거창한 은근함까지 완벽하게 소화시켜서 모든 것을 무대 효과에 맞추어 과장하고 있었다. 더구나 소령에게 있어서 여러 가지 예법 중 정수라고 여기던 그런 야릇한 인사를 그가 보여주었을 때 관객은 한동안 박수갈채를 보냈다.

리디어 양은 아버지 쪽을 바라볼 용기도 없어서 꼼짝 않고 앉아 있었다. 이따끔 그녀는 아버지 어깨 쪽의 자기 손으로 자신의 뺨을 어루만졌다. 그런 짓을 해서는 안 된다고 여기면서도 그녀는 끝내 감출 수 없는 미소를 감추려 하는 것 같았다.

하그레이브스의 방약무인한 모방은 제3막이 되자 절정에 이르렀다. 그 장면은 캘픈 대령이 이웃 농장주들을 몇 사람 그의 사실(私室)에서 접대하는 대목이었다.

무대 중앙의 테이블이 있는 곳에 그는 이웃 사람들에게 둘러싸여서 좌중의 손님들을 위해 솜씨있게 청량주를 만들면서 〈목련꽃〉 연극의 큰 대목이라 할 만한, 감히 남이 따를 수 없는 매우 특이한 독백을 늘어놓는 것이었다. 톨봇 소령은 조용히 앉았으나 분노로 얼굴이 창백해져 있었다. 소령은 자신의 전매특허격인 이야기가 반복이 되고, 득의(得意)의 지론(持論)이나 자기가 즐겨하는 화제가 튀어나와 사족이 붙고 ≪일화와 회상록≫의 최고의 대목이 제공되어 과장되고 개악(改惡)되는 것을 들었다. 그의 득의의 이야기—레스본 캘버트슨과의 결투 이야기—도 빠뜨리지는 않았다. 그것은 소령 자신이 열을 올린 이상으로 자화자찬과 즐거움 속에 지껄여졌다.

독백은 청량주를 칵테일하는 방법에 관한 특이하고 재미있는 기지에 넘치는 장면으로 끝났으나, 거기에는 실연(實演)이 딸려 있었다. 여기서 톨봇 소령의 정교하고 치밀한, 그러면서도 화려한 솜씨가—'여러분, 1그레인의 1천분의 1을 더 지나치게 누르더라도 이 하늘이 베푼 식물의 방향(芳香) 대신에 쓴맛을 내고 말 거요.' 하는 설명을 달아서 냄새가 좋은 식물을 다루며, 밀짚대 스트로의 조심스러운 선정에 이르기까지 하나도 빠짐없이 재현되었다.

장면이 끝나자 관객들의 우레 같은 박수갈채가 터졌다. 이러한 전형의 인간 묘사가 매우 박진감있고 정확하고 철저했기 때문에, 이 연극의 주인공들 쪽은 잊어버리고 말 정도였다. 몇 번씩이나 앵콜을 받아서, 하그레이브스는 내린 막 앞에 나와서 인사했다. 그는 다소 어린애다운 표정이 성공했다는 것을 알고는 홍조를 띠며 눈을 번뜩였다.

이어서 리디어 양은 소령을 바라보았다.

그의 얇은 콧구멍은 물고기의 아가미처럼 움찔대고 있었다. 그는 떨리는 두 손으로 의자의 팔걸이를 잡고 일어서려 했다.

"리디어 가자."

하고 그는 볼멘 소리로 말했다.

"실로 고약한……모독이야."

그가 미처 일어나기 전에 리디어는 그를 좌석에 끌어당겨 앉혔다.

"끝까지 있어요."

하고 그녀는 또렷이 말했다.

"진짜 프록코트를 보여주어서 가짜라는 것을 선전할 작정을 하시나요?"

그래서 두 사람은 끝까지 있었다.

하그레이브스는 큰 성공을 거둔 탓으로 그날 밤은 늦게까지 머물러 있었던 게 틀림없다. 아침 식사 때도 점심 식사 테이블에도 모습을 나타내지 않았다.

오후 3시경에 그는 톨봇 소령의 서재 문을 두드렸다. 소령이 문을 열자 하그레이브스는 두 손에다 아침 신문을 가득 안고 들어왔다. 그는 자신의 성공으로 기고만장했기 때문에 소령의 태도가 무언가 여느때와 다르다는 것을 알아차리지 못했다.

"어젯밤은 대성공이었어요."

하고 그는 들뜬 말투로 말했다.

"제가 출연한 장면이 있었는데요, 잘한 것 같았어요. 〈포스트〉지에 이렇게 나와 있군요."

'구시대 남부의 대령에 대한 그의 착상과 표현이란 그의 바보스러운 호언장담, 그의 괴상한 복장, 그의 특이한 용어, 그의 좀먹은 집안 자랑, 또한 그의 참다운 상냥한 마음씨, 결백한 명예심, 친근감이 가는 솔직성과 더불어 오늘의 무대에 있어서 성격 연기의 배역을 보다 잘 소화했다고 본다. 캘픈 대령이 입었던 프록코트 그 자체만 하더라도 천재적인 소산이다. 하그레이브

스 씨는 관객을 매료시켰다.'

　"첫 공연으로 이게 어떻게 생각되시나요, 소령님?"
　"영광스럽구먼."
하는 소령의 목소리는 불쾌할 만큼 냉랭하게 울렸다.
　"간밤에 자네의 아주 훌륭한 연기를 보았어."
　하그레이브스는 낭패한 것 같았다.
　"오셨었나요? 정말 선생님께서……연극을 좋아하시라
고는 알지 못했군요. 그랬군요, 소령님."
하고 그는 솔직하게 말했다.
　"언짢게 여기지 마시오. 확실히 저는 여러 가지로 선
생님한테서 힌트를 받아서 그 연기를 하는데 큰 도움이
되었어요. 그렇지만 그것은 아시다시피 인간의 한 전형
이지 어떤 개인이 아니랍니다. 관객이 받아들이는 것도
분명했지요. 그 극장에 오는 단골 손님의 반쯤은 남부
출신들이죠. 그 사람들은 그런 사실을 인정한 거예요."
　"하그레이브스 군!"
하고 소령은 말했다. 그는 아직도 서 있는 채였다.
　"자네는 용서할 수 없는 모욕을 내게 했어. 자네는 내
모습을 우롱했고 내 신뢰를 크게 배반했으며, 나의 호
의를 악용했어. 신사의 본성이 무엇인지, 즉 참다운 신
사라는 게 무엇인지에 대해 털끝만큼이라도 자네가 알
고 있다면 비록 나는 늙었으나 자네한테 결투할 것을

제의하네. 이 방에서 나가 줘.”

배우는 어리둥절했다. 그리고 노신사의 말 뜻을 충분히 알아듣지 못하는 것 같았다.

“화를 내시게 해서 안됐습니다.”
하고 그는 뉘우치는 말투였다.

“여기 북부에서는 선생님 같은 남부 출신은 사물의 견해가 다르게 마련이지요. 자신의 성격이 무대에서 공연되고 그것을 관객이 인정해 준다면 극장의 좌석을 반이라도 살 수 있다고 말하는 사람들을 저는 알고 있답니다.”

“그런 사람들은 앨라배마 출신이 아니야.”
하고 소령은 오만하게 말했다.

“그럴지도 모르죠. 소령님, 저는 상당히 기억력이 좋습니다. 여기서 잠깐 선생님의 책에서 몇 줄 인용하겠습니다. 틀림없이 미리지빌에서였습니다만 그곳에서 열린 연회석상에서 건배에 답해서 선생님은 이렇게 말씀하셨어요. 그리고 그것을 활자화시키실 모양이지요.”

북부의 인간은 감정이 자기 자신의 영리에 이용되는 것이라면 다르지만, 그렇지 않으면 감정도 아무것도 없다. 금전상의 손실이 따르지 않는 한 자기 자신이거나 자기가 사랑하는 사람들의 명예에 가해지는 오명조차도 화내지 않고 참는다. 자선심에서 완전히 벗어날 때도

있다. 그러한 것은 단지 사소한 것에 불과하고 대서특
필할 만한 것이 많이 있다.

"그러한 기술(記述)이 간밤에 보신 캘픈 대령의 묘사
보다도 한층 더 공평하다고 여기십니까?"

"그 기술은 말이지……."

하고 소령은 미간을 찌푸리며 말을 이었다.

"근거가 없는 것도 아니야. 어느 정도의 과장……아
니 자유는 수많은 사람 앞에서 말할 때는 용납되지 않
으면 안 돼."

"그렇다면 수많은 사람 앞에서 연기하는 경우도 마찬
가지지요."

하고 하그레이브스는 답했다.

"그게 문제가 아니야."

하고 소령은 고집스럽게 말했다.

"그 연기는 개인을 만화 취급한 거야. 나는 결단코 그
것을 외면할 수 없어."

"톨봇 소령님."

하고 하그레이브스는 애교 섞인 웃음을 띠고 말했다.

"이걸 알아주십시오. 선생님을 모욕하려고는 꿈에도
생각지 않았답니다. 저의 직업상 온갖 인생이 저의 것
입니다. 부러운 것이나 입수할 수 있는 것은 모두 취해
서 그것을 무대에서 되돌려주는 것이지요. 그러나 어떻
습니까, 이 얘기는 이쯤 끝내실까요. 저는 딴 일 때문에

찾아 뵌 것입니다. 요 몇 달 동안 우리는 친숙하게 지내 왔습니다. 이거 또 선생님을 노하게 할 위험을 저지르는 것 같습니다만, 선생님 댁에서는 금전 사정이 어려우시다는 것을 알고 있습니다……어떻게 알았느냐는 것은 개의치 마십시오. 하숙집이라는 것은 그런 것을 숨겨 주는 곳이 아니니까요……그래서 선생님이 다급하신 것을 제가 도와 드리고 싶다는 겁니다. 저 자신도 지금까지 몇 번이나 그런 일을 겪었답니다. 저는 이번 공연 기간에는 충분한 급료를 받아왔고 얼마간 저금도 했지요. 백 달러……아니 그 이상일지라도……염려 마시고……어차피 형편이 되신 다음에……."

"걷어치워!"

하고 소령은 한 팔을 내저으며 명령했다.

"결국은 내 책에 거짓은 없었던 것 같군. 자네는 자네의 돈이라는 고약을 바른다면 남의 명예를 손상시킨 상처를 낫게 한다고 생각하고 있어. 나는 도가 지나친 인간 따위에게는 절대로 돈을 꾸지 않아. 더구나 자네에 대한 것이지만 지금 말한 것 같은 사정을 돈으로 얼버무리려고 하는 자네의 남을 모욕하는 제의를 내가 고려할 정도라면, 도리어 굶어죽는 게 나을 거야. 거듭 요구하지만 이 방에서 나가 주게!"

하그레이브스는 더이상 한 마디도 하지 않고 물러갔다. 또한 그날로 하숙을 떠나갔는데 바디먼 부인이 저녁 식사 때 식탁에서 설명한 바에 따르면, 〈목련꽃〉이 1주일 동안에 흥행 계약을 맺은 거리의 극장 부근으로 옮겨 간 것이었다.

톨봇 소령과 리디어 양에게 있어서 사태가 급박해졌다. 소령이 주저 없이 빚을 내달라고 할 만한 사람은 워싱턴에 한 사람도 없었다. 리디어 양은 숙부인 랄프에게 편지를 썼으나, 이 친척의 가난한 생계 형편으로 원조를 받을 수 있을지 어떨지는 의심스러운 노릇이었다. 소령은 드디어 당황한 말투로, 집세의 체납과 송금의 지연을 들추면서 하숙비의 지불이 늦어지는데 대해서 바디먼 부인에게 변명하지 않을 수 없었다.

구원의 손길은 전혀 예상하지 못한 쪽에서 찾아들었다.

어느 날 오후 늦게, 수부(受付)의 여자가 올라와서 한 늙은 흑인이 톨봇 소령을 만나고 싶어한다고 알렸다. 소령은 서재로 들어오라고 했다. 이윽고 늙은 흑인이 문간에 나타났다. 그는 한 손으로 모자를 들고는 한 쪽 다리를 거북스럽게 뒤로 끌어당기면서 절을 했다. 그는 헐렁헐렁한 검은색 신사복을 의젓하게 입고 있었다. 그 조잡한 구두는 스토브를 광내는 약을 연상시키는 광택을 내고 있었다. 곱슬곱슬한 머리는 희게 세었고, 아니 거의 순백이었다. 중년이 지나면 흑인의 나이는 판단하기 어렵다. 이 흑인은 톨봇 소령과 같은 연배인 것처럼 보였다.

"펜돌튼의 어른, 어김없이 저를 모르시리라고 봅니
다."

하고 우선 상대방은 그렇게 말했다.

소령은 옛 습관에 젖은 그 인사법에 얼른 일어서서
앞으로 다가갔다. 남자는 의심할 것도 없이 옛 농장의
한 흑인이었다. 그러나 흑인들은 이미 오래전에 사방으
로 흩어져서 소령은 목소리도 얼굴도 생각해 낼 수 없
었다.

"도무지 모르겠군 그래."

하고 소령은 상냥하게 말했다.

"자네가 자세한 말을 하기까지는 모르겠군."

"펜돌튼의 어른, 신디의 모즈가 생각나시나요? 하긴
전쟁 뒤에 곧 딴 데로 이주했으니까요."

"잠깐."

하고 소령은 손가락으로 이마를 부비면서 말했다. 그는
그리운 옛날과 관계있는 것이라면 무엇이건 회상하기를
좋아했다.

"신디의 모즈라?"

하고 그는 생각에 잠겼다.

"말을 돌보던……망아지를 조교했군 그래. 그래, 겨
우 생각이 났어. 남군이 항복한 뒤에, 자네는 이름
을……아니 잠자코 있어……그렇지, 미첼이라 바꾸고

그러고는 서부로……그렇지 네브래스카에 갔군 그래."

"그렇구말굽쇼, 그렇구말굽쇼."

노인의 얼굴에는 기쁨의 웃음이 가득해졌다.

"그 녀석이랍니다. 네브래스카이지요. 그게 바로 저입지요……모즈 미첼이지요. 지금은 모즈 미첼 할아버지라고 불리어요. 나리……선친되시는 나리께서는 제가 헤어질 때에 일할 때 부리라고 노새 새끼 두 마리를 주셨습죠. 그 망아지를 기억하시는지요, 펜돌튼의 어른?"

"망아지는 기억이 나지 않네."

하고 소령은 말했다.

"자네도 알겠지만 나는 전쟁 첫해에 결혼해서 옛날 폴린즈비 별장에서 살고 있었지. 어쨌든 어서 앉아 모즈 영감. 잘 왔어, 잘 지내고 있을 테지?"

모즈 영감은 의자에 걸터앉고는 옆쪽 마루에다 근심스럽게 모자를 놓았다.

"그렇지요. 요즘은 아주 잘 지내고 있지요. 처음 네브래스카에 갔을 때는 말이죠, 그 고장 사람들이 노새 새끼를 구경한 적이 없다고 들끓듯 모여 왔지요. 그래서 저는 3백 달러에 노새 새끼를 팔았죠. 네, 그래요……3백 달러예요. 그리고 저는 말이죠 대장간을 시작했지요, 어른. 그래서 얼마간 돈을 만들어서 땅을 좀 샀습죠. 저하고 마누라는 아이를 일곱을 키웠는데, 죽은 애 둘 말고는 모두 잘 자라고 있지요. 4년 전에는 철도가 놓여서 저의 땅 바로 앞에는 도시가 생겼어요. 펜돌튼의 어른, 그래서 이 모즈 영감은 돈하구 땅하고 이제는 1만 1천 달러를 가진 부자입니다."

"어, 그거 잘 됐군 그래."
하고 소령은 진심에서 우러나오는 말을 했다.

"그런데 펜돌튼의 어른, 그 귀여운 아기, 리디 아가씨라고 부르던 아기는 이제는 어른이 되어 아무도 알아볼 수 없겠습니다."

소령은 문 쪽에 다가서자 리디어를 불렀다.

"리디어, 잠깐 오려무나."

완전히 어른이 된, 그리고 좀 근심스러운 표정의 리디어 양이 들어왔다.

"허, 이런! 제가 말씀드린 대로인가요? 그 아가는 틀림없이 저렇게 동글동글하게 예쁘리라는 것을 알았지요. 아가씨, 저 모즈 영감을 아시겠나요?"

"리디어, 이 사람은 신디 아주머니가 사시던 곳의 모즈란다."
하고 소령은 설명했다.

"네가 두 살 때에 서니미드로부터 서부로 옮겨갔단다."

"그랬군요."
하고 리디어 양은 말했다.

"그 나이 또래에 당신을 기억한다는 것은 무리한 일

이에요, 모즈 영감. 그리고 지금 당신이 말한 것처럼 내가 아주 어른이 되었고, 아주 옛날 일이라서요. 그렇지만 당신을 생각해 내지 못하더라도 만나서 반가워요."

그녀의 말에 거짓은 없었다. 소령의 경우도 마찬가지였다. 생생하게 실감할 수 있는 구경거리가, 즐거웠던 과거로부터 찾아와 그들과 연결시켜 준 것이다. 세 사람이 함께 의자에 앉아서 옛날 이야기를 나누었다. 소령과 모즈 영감은 농장의 풍경이나 그 시대를 추억하며 서로의 기억을 맞춰보다가 생각해 내곤 했다.

소령은 노인이 고향으로부터 그렇게 떨어진 곳에서 무엇을 하고 있느냐고 물었다.

"모즈 영감은 이 거리의 침례교도 대회에 대표로 오게 된 것입니다."

하고 그는 자신을 설명했다.

"교회에서 설교를 해본 일은 지금까지 없습니다만요, 교회에서 장로 노릇을 하고 있구요, 비용도 자비부담이 가능해서 저를 대표로 보낸 것이지요."

"그런데 우리가 워싱턴에 있다는 것을 어떻게 알았나요?"

하고 리디어 양이 물었다.

"제가 묵고 있는 호텔에 모빌 출신의 흑인이 하나 일하고 있어요. 그 사람이 어느 날 아침, 이 댁에서 펜들튼 어른이 나오시는 것을 보았다고 가르쳐 주었지요.

제가 여기 찾아 뵌 것은……."

하고 모즈 영감은 손을 호주머니에 쑤셔박으며 말을 이었다.

"고향 사람을 만나는 이외에……펜돌튼 어른에게 진 제가 꾸었던 빛을 갚기 위해서 온 것이지요."

"나한테 진 빛이 있다구?"

하고 소령은 깜짝 놀라며 물었다.

"그렇습니다……3백 달러지요."

그는 소령에게 돈 다발을 넘겨 주었다.

"제가 고향을 떠날 때 큰 나리께서 이렇게 말씀하셨지요. '모즈야, 저 노새 새끼를 갖고 가려무나. 값을 치르게 되거던 그때 갚거라'고 말씀이지요. 그렇습니다요……그렇게 말씀하셨지요. 전쟁 때문에 큰 나리께서도, 당신께서도 가난해지셨지요. 큰 나리께서는 이미 돌아가셨으니 빛은 펜돌튼 어른에게 옮겨진 셈이지요. 3백 달러입니다. 모즈 영감도 이제 수월하게 갚아드리게 된 거지요. 철도 회사가 제 땅을 샀을 때 노새 값은 따로 떼어 두었지요. 펜돌튼 어른, 돈을 세어 보십시오. 그게 노새를 산 값입니다."

톨봇 소령의 눈에는 눈물이 괴었다. 그는 모즈 영감의 손을 잡고, 다른 한 손은 그의 어깨에 얹었다.

"오, 충실한 늙은 모즈!"

그는 떨리는 목소리로 말했다.

"사실을 말하자면 펜돌튼 어른은 1주일 전에 1달러가 남았던 것을 마저 써버리고 말았어. 이 돈은 받겠어, 모즈 영감. 이것은 옛 제도의 충성과 헌신의 표시인 동시에 또한 빚을 돌려받는 것이니까. 그럼 리디어야, 그 돈을 받거라. 나보다는 네 편이 그 돈을 쓸 줄 아는 적임자니까."

"받아 주십시오, 아가씨."
하고 모즈 영감은 말했다.

"두 분의 것이지요. 톨봇 가문의 것입니다요."

모즈 영감이 떠나간 다음에 리디어 양은 한동안 울었다—기쁨의 눈물이었다. 소령은 얼굴을 한구석으로 돌리고 계속 도자기로 만든 파이프를 피워댔다.

그 뒤로부터 톨봇 가에 평화와 안락이 되돌아왔다. 리디어 양의 얼굴에서는 근심 어린 표정이 사라졌다. 소령은 새로 만든 프록코트 모습으로 나타나게 되었는데 그것은 옛날의 황금 시대의 추억을 납인형으로 만든 것과도 같았다. ≪일화와 회상록≫의 원고를 읽어본 출판사에서는 이야기의 클라이맥스 부분만을 좀 손질해서 골라 주면 아주 재미나고 잘 팔리는 책이 되리라고 여겼다. 전체적으로 본다면 상황은 쾌적했고, 이미 찾아든 행복보다도 한층 더 감미로운 희망찬 감촉이 다가와 있는 것이었다.

그러한 한 가닥의 행운이 두 사람에게 찾아든 지 1주

일쯤 지난 어느 날, 하녀가 리디어 앞으로 온 편지를 그녀의 방에 갖다 주었다.

소인을 보니 뉴욕에서 온 것이었다. 뉴욕에는 아는 사람이 없었으므로 리디어 양은 놀라움에서 가볍게 가슴을 두근거리며, 테이블 옆에 앉아 가위로 편지 봉투를 잘라 보았다. 내용은 이러했다.

톨봇 아가씨 귀하

'당신은 저의 행운의 소식을 듣고 기뻐하시리라고 봅니다. 저는 뉴욕의 어떤 극단에서 주 2백 달러로 〈목련꽃〉의 캘픈 대령 역할의 출연 교섭을 받고 이를 승낙했습니다. 지금 한 가지 말씀드릴 게 있습니다. 톨봇 소령님께는 말씀드리지 마십시오. 저의 그 역할을 연구하는 데 있어서 소령님으로부터 큰 도움을 받았습니다. 그러나 그러한 일 때문에 소령님께 불만을 끼쳐 드리게 되었습니다만, 무엇인가 보상을 해드려야겠다고 간절히 바라고 있었습니다. 소령님은 그러한 것을 용납하시지 않았습니다만 저는 그럭저럭 그 소망을 달성했습니다. 저는 그 3백 달러를 쉽사리 나눠 드릴 수 있었습니다.'

당신의 성실한 H.홉킨즈 하그레이브스

추신 : 모즈 영감의 연기 솜씨는 어떠했나요.

복도를 지나가던 톨봇 소령은 리디어의 방문이 열려

있는 것을 보고 발을 멈추었다.

"리디어, 오늘 아침에 무슨 편지가 왔니?"

리디어는 편지를 치마 주름 사이로 살짝 밀어 넣었다.

"모빌, 크로니클 신문이 왔어요."

하고 그녀는 거침없이 말했다.

"서재의 책상 위에다 두었어요."

—The Duplicity of Hargraves

옮긴이 약력

한국외국어대학 영어과 졸업
한국문인협회 회원
한국현대시인협회 회원
일본 센슈우대학 대학원 문학박사
단국대학교 대학원 초빙교수
한국외국어대학교 외국어연수평가원 교수

저 서
《일본문화사》(서문당 발행)
E. 브론테 《폭풍의 언덕》
바이런 《바이런 시집》(서문문고 106)
헤밍웨이 《무기여 잘있거라》

△. 헨리 단편집　　〈서문문고 250〉

개정판 인쇄 / 2000년 6월 20일
개정판 발행 / 2000년 6월 25일
옮긴이 / 홍 윤 기
펴낸이 / 최 석 로
펴낸곳 / 서 문 당

주 소 / 서울시 마포구 성산동 103-7호
전 화 / 322—4916~8 팩스 / 322-9154
등록일자 / 1973. 10. 10
등록번호 / 제13-16

초판 발행 1976.11.20 발행 ※ 잘못된 책은 바꾸어 드립니다

서문문고 목록

001~303

◆ 번호 1의 단위는 국학
◆ 번호 홀수는 명저
◆ 번호 짝수는 문학

001 한국회화소사 / 이동주
002 황야의 늑대 / 헤세
003 고독한 산책자의 몽상 / 루소
004 멋진 신세계 / 헉슬리
005 20세기의 의미 / 보울딩
006 가난한 사람들 / 도스토예프스키
007 실존철학이란 무엇인가 / 볼노브
008 주홍글씨 / 호돈
009 영문학사 / 에반스
010 쯔바이크 단편집 / 쯔바이크
011 한국 사상사 / 박종홍
012 플로베르 단편집 / 플로베르
013 엘리어트 문학론 / 엘리어트
014 모옴 단편집 / 서머셋 모옴
015 몽테뉴수상록 / 몽테뉴
016 헤밍웨이 단편집 / E. 헤밍웨이
017 나의 세계관 / 아인스타인
018 춘희 / 뒤마피스
019 불교의 진리 / 버트
020 뷔뷔 드 몽빠르나스 / 루이 필립
021 한국의 신화 / 이어령
022 몰리에르 희곡집 / 몰리에르
023 새로운 사회 / 카아
024 체호프 단편집 / 체호프
025 서구의 정신 / 시그프리드
026 대학 시절 / 슈토롬
027 태초에 행동이 있었다 / 모로아
028 젊은 미망인 / 쉬니츨러
029 미국 문학사 / 스필러
030 타이스 / 아나톨프랑스
031 한국의 민담 / 임동권
032 모파상 단편집 / 모파상
033 은자의 황혼 / 페스탈로치
034 토마스만 단편집 / 토마스만
035 독서술 / 에밀파게
036 보물섬 / 스티븐슨
037 일본제국 흥망사 / 라이샤워
038 카프카 단편집 / 카프카
039 이십세기 철학 / 화이트
040 지성과 사랑 / 헤세
041 한국 장신구사 / 황호근
042 영혼의 푸른 상혼 / 사강
043 러셀과의 대화 / 러셀
044 사랑의 풍토 / 모로아
045 문학의 이해 / 이상섭
046 스탕달 단편집 / 스탕달
047 그리스. 로마신화 / 벌핀치
048 육체의 악마 / 라디게
049 베이컨 수상록 / 베이컨
050 마농레스코 / 아베프레보
051 한국 속담집 / 한국민속학회
052 정의의 사람들 / A. 까뮈
053 프랭클린 자서전 / 프랭클린
054 투르게네프 단편집
    / 투르게네프
055 삼국지 (1) / 김광주 역
056 삼국지 (2) / 김광주 역
057 삼국지 (3) / 김광주 역
058 삼국지 (4) / 김광주 역
059 삼국지 (5) / 김광주 역
060 삼국지 (6) / 김광주 역
061 한국 세시풍속 / 임동권
062 노천명 시집 / 노천명
063 인간의 이모저모 / 라 브뤼에르
064 소월 시집 / 김정식
065 서유기 (1) / 우현민 역
066 서유기 (2) / 우현민 역
067 서유기 (3) / 우현민 역
068 서유기 (4) / 우현민 역
069 서유기 (5) / 우현민 역
070 서유기 (6) / 우현민 역
071 한국 고대사회와 그 문화 / 이병도
072 피서지에서 생긴일 / 슬론 윌슨
073 미하트마 간디전 / 로망롤랑
074 투명인간 / 웰즈
075 수호지 (1) / 김광주 역

서문문고목록 2

076 수호지 (2) / 김광주 역	116 춘향전 / 이민수 역주
077 수호지 (3) / 김광주 역	117 형이상학이란 무엇인가
078 수호지 (4) / 김광주 역	/ 하이데거
079 수호지 (5) / 김광주 역	118 어머니의 비밀 / 모파상
080 수호지 (6) / 김광주 역	119 프랑스 문학의 이해 / 송면
081 근대 한국 경제사 / 최호진	120 사랑의 핵심 / 그린
082 사랑은 죽음보다 / 모파상	121 한국 근대문학 사상 / 김윤식
083 퇴계의 생애와 학문 / 이상은	122 어느 여인의 경우 / 콜드웰
084 사랑의 승리 / 모옴	123 현대문학의 지표 외/ 사르트르
085 백범일지 / 김구	124 무서운 아이들 / 장콕토
086 결혼의 생태 / 펄벅	125 대학·중용 / 권태익
087 서양 고사 일화 / 홍윤기	126 사씨 남정기 / 김만중
088 대위의 딸 / 푸시킨	127 행복은 지금도 가능한가
089 독일사 (상) / 텐브록	/ B. 러셀
090 독일사 (하) / 텐브록	128 검찰관 / 고골리
091 한국의 수수께끼 / 최상수	129 현대 중국 문학사 / 윤영춘
092 결혼의 행복 / 톨스토이	130 펄벅 단편 10선 / 펄벅
093 율곡의 생애와 사상 / 이병도	131 한국 화폐 소사 / 최호진
094 나심 / 보들레르	132 사형수 최후의 날 / 위고
095 에머슨 수상록 / 에머슨	133 사르트르 평전/ 프랑시스 장송
096 소아나의 이단자 / 하우프트만	134 독일인의 사랑 / 막스 뮐러
097 숲속의 생활 / 소로우	135 사서삼경 입문 / 이민수
098 마을의 로미오와 줄리엣 / 켈러	136 로미오와 줄리엣 /셰익스피어
099 참회록 / 톨스토이	137 햄릿 / 셰익스피어
100 한국 판소리 전집 /신재효,강한영	138 오델로 / 셰익스피어
101 한국의 사상 / 최창규	139 리어왕 / 셰익스피어
102 결산 / 하인리히 빌	140 맥베스 / 셰익스피어
103 대학의 이념 / 야스퍼스	141 한국 고시조 500선/ 강한영 편
104 무덤없는 주검 / 사르트르	142 오색의 베일 / 서머셋 모옴
105 손자 병법 / 우현민 역주	143 인간 소송 / P.H. 시몽
106 바이런 시집 / 바이런	144 불의 강 외 1편 / 모리악
107 종교론,국민교육론 / 톨스토이	145 논어 /남만성 역주
108 더러운 손 / 사르트르	146 한여름밤의 꿈 / 셰익스피어
109 신역 맹자 (상) / 이민수 역주	147 베니스의 상인 / 셰익스피어
110 신역 맹자 (하) / 이민수 역주	148 태풍 / 셰익스피어
111 한국 기술 교육사 / 이원호	149 말괄량이 길들이기/셰익스피어
112 가시 돋힌 백합 / 어스킨콜드웰	150 뜻대로 하셔요 / 셰익스피어
113 나의 연극 교실 / 김경옥	151 한국의 기후와 식생 / 차종환
114 목녀의 로맨스 / 하디	152 공원묘지 / 이블린
115 세계발행금지도서100선	153 중국 회화 소사 / 허영환
/ 안춘근	154 데미안 / 헤세

155 신역 서경 / 이민수 역주
156 임어당 에세이선 / 임어당
157 신정치행태론 / D.E.버틀러
158 영국사 (상) / 모로아
159 영국사 (중) / 모로아
160 영국사 (하) / 모로아
161 한국의 괴기담 / 박용구
162 윤손 단편 선집 / 윤손
163 권력론 / 러셀
164 군도 / 실러
165 신역 주역 / 이기석
166 한국 한문소설선 / 이민수 역주
167 동의수세보원 / 이제마
168 좁은 문 / A. 지드
169 미국의 도전 (상) / 시라이버
170 미국의 도전 (하) / 시라이버
171 한국의 지혜 / 김덕형
172 감정의 혼란 / 쯔바이크
173 동학 백년사 / B. 윔스
174 성 도밍고성의 약혼 /클라이스트
175 신역 시경 (상) / 신석초
176 신역 시경 (하) / 신석초
177 베를렌느 시집 / 베를렌느
178 미시시피씨의 결혼 / 뒤렌마트
179 인간이란 무엇인가 / 프랭클
180 구운몽 / 김만중
181 한국 고시조사 / 박을수
182 어른을 위한 동화집 / 김요섭
183 한국 위기(圍棋)사 / 김용국
184 숲속의 오솔길 / A.시티프터
185 미학사 / 에밀 우티쯔
186 한중록 / 혜경궁 홍씨
187 이백 시선집 / 신석초
188 민중들 반란을 연습하다
    / 귄터 그라스
189 축혼가 (상) / 샤르돈느
190 축혼가 (하) / 샤르돈느
191 한국독립운동지혈사(상)
    / 박은식
192 한국독립운동지혈사(하)
    / 박은식
193 항일 민족시집/안중근외 50인
194 대한민국 임시정부사 /이강훈
195 항일운동가의 일기/장지연 외
196 독립운동가 30인전 / 이민수
197 무장 독립 운동사 / 이강훈
198 일제하의 명논설집/안창호 외
199 항일선언·창의문집 / 김구 외
200 한말 우국 명상소문집/최창규
201 한국 개항사 / 김용욱
202 전원 교향악 외 / A. 지드
203 직업으로서의 학문 외
    / M. 베버
204 나도향 단편선 / 나빈
205 윤봉길 전 / 이민수
206 다니엘라 (외) / L. 린저
207 이성과 실존 / 야스퍼스
208 노인과 바다 / E. 헤밍웨이
209 골짜기의 백합 (상) / 발자크
210 골짜기의 백합 (하) / 발자크
211 한국 민속약 / 이선우
212 젊은 베르테르의 슬픔 / 괴테
213 한문 해석 입문 / 김종권
214 상록수 / 심훈
215 채근담 강의 / 홍응명
216 하디 단편선집 / T. 하디
217 이상 시전집 / 김해경
218 고요한물방아간이야기
    / H. 주더만
219 제주도 신화 / 현용준
220 제주도 전설 / 현용준
221 한국 현대사의 이해 / 이현희
222 부와 빈 / E. 헤밍웨이
223 막스 베버 / 황산덕
224 적도 / 현진건
225 민족주의와 국제체제 / 힌슬리
226 이상 단편집 / 김해경
227 삼략신강 / 강무학 역주
228 굿바이 미스터 칩스 (외) / 힐튼
229 도연명 시전집 (상) /우현민 역주
230 도연명 시전집 (하) /우현민 역주
231 한국 현대 문학사 (상)]

/ 전규태	271 (속)한국근대문학사상/ 김윤식
232 한국 현대 문학사 (하)	272 로렌스 단편선 / 로렌스
/ 전규태	273 노천명 수필집 / 노천명
233 말테의 수기 / R.H. 릴케	274 콜롱바 / 메리메
234 박경리 단편선 / 박경리	275 한국의 연정담 /박용구 편저
235 대학과 학문 / 최호진	276 삼현학 / 황산덕
236 김유정 단편선 / 김유정	277 한국 명창 열전 / 박경수
237 고려 인물 열전 / 이민수 역주	278 메리메 단편집 / 메리메
238 에밀리 디킨슨 시선 / 디킨슨	279 예언자 /칼릴 지브란
239 역사와 문명 / 스트로스	280 충무공 일화 / 성동호
240 인형의 집 / 입센	281 한국 사회풍속야사 / 임종국
241 한국 골동 입문 / 유병서	282 행복한 죽음 / A. 까뮈
242 토마스 울프 단편선/ 토마스 울프	283 소학 신강 (내편) / 김종권
243 철학자들과의 대화 / 김준섭	284 소학 신강 (외편) / 김종권
244 파리시절의 릴케 / 버틀러	285 홍루몽 (1) / 우현민 역
245 변증법이란 무엇인가 / 하이스	286 홍루몽 (2) / 우현민 역
246 한용운 시전집 / 한용운	287 홍루몽 (3) / 우현민 역
247 중론송 / 나아가르쥬나	288 홍루몽 (4) / 우현민 역
248 알퐁스도데 단편선 / 알퐁스 도데	289 홍루몽 (5) / 우현민 역
249 엘리트와 사회 / 보트모어	290 홍루몽 (6) / 우현민 역
250 O. 헨리 단편선 / O. 헨리	291 현대 한국시의 이해 / 김해성
251 한국 고전문학사 / 전규태	292 이효석 단편집 / 이효석
252 정을병 단편집 / 정을병	293 현진건 단편집 / 현진건
253 악의 꽃들 / 보들레르	294 채만식 단편집 / 채만식
254 포우 걸작 단편선 / 포우	295 삼국사기 (1) / 김종권 역
255 양명학이란 무엇인가 / 이민수	296 삼국사기 (2) / 김종권 역
256 이육사 시문집 / 이원록	297 삼국사기 (3) / 김종권 역
257 고시 십구수 연구 / 이계주	298 삼국사기 (4) / 김종권 역
258 안도라 / 막스프리시	299 삼국사기 (5) / 김종권 역
259 병자남한일기 / 나만갑	300 삼국사기 (6) / 김종권 역
260 행복을 찾아서 / 파울 하이제	301 민화란 무엇인가 / 임두빈 저
261 한국의 효사상 / 김익수	302 무정 / 이광수
262 갈매기 조나단 / 리처드 바크	303 야스퍼스의 철학 사상
263 세계의 사진사 / 버먼트 뉴홀	/ C.F. 윌레프
264 환영(幻影) / 리처드 바크	304 마리아 스튜아르트 / 쉴러
265 농업 문화의 기원 / C. 사우어	311 한국풍속화집 / 이서지
266 젊은 처녀들 / 몽테를랑	312 미하엘 콜하스 / 클라이스트
267 국가론 / 스피노자	314 직조공 / 하우프트만
268 임진록 / 김기동 편	316 에밀리아 갈로티 / G. E. 레싱
269 근사록 (상) / 주희	318 시몬 마샤르의 환상
270 근사록 (하) / 주희	/ 베르톨트 브레히트